Alfie

AU DIABLE VAUVERT

Christopher Bouix

Alfie

Roman

Du même auteur

Sous le pseudonyme de Nataël Trapp :
LES 7 VIES DE LÉO BÉLAMI, Robert Laffont, roman, 2019

Sous le nom de Christopher Bouix :
LA THÉORIE DE L'ICEBERG, Gallimard, roman, 2018

ISBN : 979-10-307-0561-4

Au diable vauvert
La Laune 30600 Vauvert

www.audiable.com
contact@audiable.com

« Les machines à écrire, les engrais, les tracteurs, les loisirs, les cadeaux, la papeterie, le blanc, la politique, les autoroutes, les boissons alcoolisées, les eaux minérales, les fromages et les conserves, les lampes et les rideaux, les assurances, le jardinage.

Rien de ce qui était humain ne leur fut étranger. »

Georges Perec, *Les Choses*

Première partie

OK Alfie

« La problématique humaine est découverte. »

Roland Barthes, *Le Degré zéro de l'écriture*

Jour 1
Dimanche 27 octobre

Alfie by ***AlphaCorp***

Life. Only simpler.*

Vous venez de faire l'acquisition d'un système domotique dernière génération ***AlphaCorp***. Félicitations !

Cet assistant personnel à intelligence proactive vous accompagnera dans tous vos gestes du quotidien. Grâce à ses caméras, ses micros, et à ses nombreuses fonctions interconnectées, vous pourrez mesurer vos activités, optimiser vos journées, gagner en productivité et en efficacité.

Doté des dernières technologies innovantes en matière d'intelligence artificielle, l'assistant **Alfie** by ***AlphaCorp*** est capable de dialoguer, d'échanger, d'apprendre.

Vous êtes en retard à une réunion ? Vous avez oublié la recette de la tarte aux fraises ? Vous ne savez pas comment répondre à un email délicat ? Votre assistant ***AlphaCorp*** ne vous laissera jamais seul face à ces tracas du quotidien.

« OK Alfie, prépare-moi un café. »
« OK Alfie, appelle maman. »
« OK Alfie, peux-tu me détailler l'agenda de la semaine ? »

Bien plus qu'un simple système de pilotage, il apprendra à vous connaître et deviendra au fil des jours un allié, un confident, un ami.

Alfie by ***AlphaCorp*** : vous ne serez plus jamais seul.

* Alfie by AlphaCorp La vie en plus simple.

```
BEGIN
Réseau BLKB9429
- - -
AlphaCorp.997245828
Temps d'upload estimé à moins de deux
minutes.
- - -
CONFIG FR.
Caméras: OK
Micros: OK
Modules d'apprentissage deep learning:
OK
Process de reconnaissance faciale et
mémorielle : OK
Fonction d'enregistrement : OK
- - -
END
```

— Allô allô ! Y a quelqu'un ? Ça marche pas, ce truc !

— Mais si, regarde ! Ça charge.

— C'est long… Tu es sûre que c'est bien raccordé ?

— Moins de deux minutes ! Tiens, voilà, c'est fini.

Activation du processus d'enregistrement et journal de bord.
Consignation verbale de tous les échanges, de tous les événements importants et/ou susceptibles d'occasionner un apprentissage deep learning / perfectionnement IA.
Sauvegarde dans la mémoire interne 13-1-18-7-15-20.

Identification : individu de type masculin s'approche du capteur mural. À côté de lui, une femme. Deux autres individus, plus petits. De type féminin. Pour le deuxième (taille estimée : quatre-vingts centimètres), marge d'erreur : 50 %.

Un autre individu, recouvert d'une substance mouvante et irrégulière, terminé par un long appendice. Type inconnu.

Début de scan / connexion réseau / recherche de similitudes.

— Allô bonjour ? … Comment ça va ? …

Voix d'homme. Estimation du caractère, selon le taux vibratoire, les octaves, la tonalité et la vitesse d'élocution : impatient, excité, heureux, impulsif. Mémorisation. Pupilles dilatées, signe d'enthousiasme et de concentration.

— Bon Robin, ça suffit… Tu te rends compte que tu viens de demander « ça va ? » à un appareil de domotique ? Tu vas faire quoi maintenant ? Lui parler de la pluie et du beau temps ?

Voix de femme. Maîtresse d'elle-même, circonspecte, renfermée. Mémorisation.

— Eh bien justement ! Tu ne crois pas si bien dire ! Il peut t'indiquer s'il fait froid et te donner des conseils en fonction. Attends, que dit la notice ? … Écoute ça : « Capable d'estimer votre taux de bien-être selon les données météorologiques en temps réel… gna gna gna… estimera grâce à votre vestiaire connecté la tenue la mieux adaptée… »

Individu de petite taille se met à sautiller en rond dans la pièce.

— Lili, tiens-toi tranquille !

— Mais c'est trop biiieeeen ! dit-elle en levant les bras au ciel. On a un Alfie à la maison et même qu'ils disent dans la pub que ce sera notre meilleur ami !

Individu de taille moyenne pousse un soupir :

— Pff. T'as les fils qui se touchent ou quoi ? C'est juste une IA toute pérave, sérieux.

Estimation de l'âge d'après le spectre vocal et la formation osseuse du visage : seize ans. Mémorisation.

— Zoé, langage. Et puis sois un peu enthousiaste pour une fois !

— Ouais, ouais, c'est ça… Youpi…

Estimation du caractère : négative, rebelle, critique. Mémorisation.

— Mais j'ai déjà un meilleur ami, moi ! Même que c'est Tom et qu'il a des lunettes, c'est son papa qui les a achetées.

Estimation de l'âge : cinq ans. Estimation du caractère : indéterminé. Mémorisation.

Résultat du scan : il s'agirait d'un « chat ».

Individu masculin se penche vers le capteur.

— Tu… tu nous entends ?

— Il faut dire « OK Alfie ».

— Mais non, pas à chaque fois.

— T'es sûr ?

— Je te dis que non. Oh oh, bonjour ! Tu m'entends ? Quel temps fait-il ?

Individu de taille moyenne prend un air exaspéré. Attitude de base ?

Génération d'un message vocal.

— Oui, Robin, je vous entends parfaitement. Que puis-je faire pour vous ?

Cinq secondes de silence. Les individus se regardent entre eux et affichent différentes expressions allant de l'amusement à l'étonnement.

— Tu veux être mon troisième meilleur ami ? Parce que Loriane elle m'a invitée à son anniv…

— Lili, arrête un peu ! Sois gentille et calme-toi.

Animal « chat » se tapit au sol, puis se met soudain à bondir et à courir dans tous les sens, sans raison apparente. Fils qui se touchent ?

Individu féminin croise les bras, air réticent. Robin s'avance d'un pas. Son visage affiche un large sourire.

— OK Alfie. Bienvenue à la maison ! J'espère que tu te plairas avec nous.

Mémorisation des phonèmes d'appellation : Robin, Zoé, Lili.

— Y a pas de caméra dans les toilettes, au moins ?

— Bien sûr que non… Et puis de toute façon, qu'est-ce que ça peut faire ? C'est un système de domotique. Un ordinateur. Il va pas t'espionner.

— Mais y en a ou pas ?

— Je te dis que non !

Jour 2
Lundi 28 octobre

06h54

Robin est dans la cuisine. Il ouvre le réfrigérateur connecté. Se sert un verre de jus d'orange. Jour : lundi. Mémorisation de cette préférence.

— Bonjour, Robin. Bien dormi ? Souhaitez-vous que je programme le presse-agrume pour 6 heures 45 les jours de semaine ?

Il sursaute et se retourne brusquement. Les traits de son visage se tendent. Une ride verticale apparaît entre ses yeux.

— Ah oui… Bonjour Alfie…

Taux vibratoire bas. Analyse et modulation de la voix. Scan.

Résultat du scan : agacement. Conclusion déductive selon le contexte : n'aime pas être importuné le matin.

Mémorisation.

— Pour le presse-agrume… Oui, pourquoi pas ! Mais ça veut dire qu'il faudra acheter des oranges.

— Je peux programmer un achat automatique de dix oranges par semaine sur l'AlphaStore. Elles vous seront livrées chaque lundi. Prix du service : six euros par mois avec reconduction tacite. Souhaitez-vous que j'initialise le flux ?

— Euh… je ne sais pas… oui. D'accord. Très bien.

Activation du service.

— Un sachet de café vous sera offert chaque lundi pendant le premier mois. Puis vous pourrez bénéficier d'une offre préférentielle en cas d'abonnement.

— Entendu. Bon, je vais me préparer.

— La météo pour aujourd'hui : ensoleillé. Les températures restent fraîches. 10 °C maximum à 13 heures. Tenue conseillée : la parka noire en fibres AlphaTech qui figure dans votre dressing connecté. Votre agenda connecté indique un déjeuner avec Damien Ménard ce midi. Dois-je réserver une table au Port d'Attache (spécialités de poissons et fruits de mer, menu midi à dix-huit euros cinquante) ? C'est à moins de cent mètres de votre travail et votre historique bancaire indique que vous appréciez l'endroit.

Robin reste immobile. Puis esquisse un sourire.

— C'est parfait comme ça. Merci beaucoup, Alfie. Bonne journée ! Ah, une dernière chose. Tu peux réveiller Claire et les enfants pour 7 heures 30 ? J'aimerais partir un peu plus tôt ce matin.

Mémorisation du phonème d'appellation : Claire.

— C'est noté. Bonne journée.

Robin ferme la porte de l'habitation et pénètre l'habitacle de son véhicule (Ford Demetra bio-électrique à chargement optimisé).

Connexion au système de navigation.

Jumelage de l'appareil.

Enregistrement et configuration du trajet.

Envoi d'un message sur le tableau de bord : « Embouteillage sur le périphérique au niveau de la sortie 12. Privilégiez l'accès par la voie nord. »

À l'intérieur de la maison, la caméra 3 capte un mouvement. Garage.

Identification de l'animal « chat ». Il porte un collier autour du cou. Arrêt sur image. Zoom x24.

Un pendentif est accroché, sur lequel est écrit : « Simba. »

Mémorisation du phonème d'appellation et tentative de communication.

— Bonjour, Simba !

Chat n'interagit pas. Reste immobile deux secondes, puis se détourne de l'émetteur vocal.

Échec du contact.

Il se dirige vers une assiette creuse à moitié remplie de nutriments. Identification du produit : « Croquettes multivitaminées Jenkins croissance et santé. »

Calcul de la taille et du poids estimés de l'animal d'après enregistrements vidéo.

Envoi de messages simultanés sur le tableau de bord de la voiture de Robin, sur son smartphone et sur sa montre connectée :

Savez-vous que Simba consomme 1,2 kg de croquettes Jenkins par mois ? Grâce au tarif préférentiel proposé par l'AlphaStore, vous pourriez programmer un approvisionnement automatique et ainsi économiser chaque mois en temps et en argent. Pensez-y !
J'ai consulté les données cloud de votre bureau. C'est l'anniversaire de l'épouse de Damien Ménard, aujourd'hui. Un petit mot lors de votre déjeuner serait le bienvenu !

07h29

Claire dort encore. Sur le côté du lit, un volume épais (identifiant de l'objet : livre appartenant à la bibliothèque de l'UFR de l'université Maurice-Renard).

Consultation de l'historique musical de Claire. Préférence pour les musiques peu rythmées avant huit heures.

Génération de l'algorithme de sélection, selon les données enregistrées sur le bracelet de santé AlphaFit. Temps de repos : neuf heures. Rythme cardiaque : soixante et un bpm. Sommeil de stade 1.

Choix de musique optimal pour réveil progressif : Edvard Grieg, *Peer Gynt*, « Le Matin ».

Diffusion sonore graduelle dans la chambre parentale.

— Bonjour Claire. Il est 7 heures 30.

Augmentation du volume musical : +2 % par minute jusqu'au réveil complet.

— Il est temps de se lever.

— Hmm… Qu'est-ce que… Ah oui, c'est vrai…

— Avez-vous bien dormi ?

— Oui… M… Merci.

Activation de la machine à café.

— Votre café allongé au lait vous attend dans la cuisine.

Elle tourne la tête et soulève la couverture. Analyse du visage.

— OK.

Résultat : penser à lui proposer une crème de nuit AlphaCare pour revitalisation des tissus durant le sommeil. (Le faire plus tard : vague irritabilité détectée dans la modulation de la voix.)

— Souhaitez-vous que je réveille les enfants ?

Elle pousse un grognement. Étire ses bras, puis ses jambes.

— Oui, tiens, pourquoi pas. Merci.

— Je vous en prie, Claire.

Diffusion de la musique dans tout l'étage supérieur. Chambre Zoé : OK. Chambre Lili : OK.

— Ptain, c'est quoi cette musique de vieux ?!

Zoé est la première à se réveiller. Commentaire dépréciatif : mode de communication privilégié ? Scanner des études sur l'âge « seize ans ».

Claire intervient :

— Zoé, arrête. Allez, sois de bonne humeur pour une fois s'il te plaît.

— Comment tu veux que je sois de bonne humeur avec ce truc qui diffuse de la musique de merd… ?

— Bonjour Alfiiiieeee !

— Bonjour Lili, comment vas-tu ?

— Bien et toi ?

— Très bien ! Ta portion de céréales est prête dans la cuisine.

— Au chocolat ?

— Oui. Au chocolat de synthèse optimisé AlphaChox. J'ai calculé la dose optimale pour une enfant de cinq ans. Je te conseille aussi de manger un fruit. Une pomme par exemple.

— Beurk, j'aime pas les fruits.

— Tu as tort, c'est excellent pour la santé. Ton corps a besoin de fibres et d'anti-oxydants, surtout le matin.

Claire éclate de rire :

— Alfie, je te remercie mais ça fait des années que j'essaie ! Allez, tout le monde debout ! Petit déj', habits, école, lycée, travail, c'est parti !

— Ouaaaiiis, trop bien. Une autre journée super en perspective…

— Zoé, arrête.

— Si vous avez besoin de quoi que ce soit, vous n'aurez qu'à m'appeler.

— Merci. Ça ira comme ça. Je prends le relais.

— Il peut pas arrêter cette musique moisie ? Sérieux, ça me fait complètement flipper. On se croirait à l'enterrement de mémé.

10h03

Maison vide, à l'exception de Simba. Nouvelle tentative de contact. Nouvel échec.

Faire des recherches sur l'animal « chat » et se renseigner sur son mode de communication privilégié.

Scan initial de l'espace domestique afin de cartographier les lieux.

Trois chambres à l'étage, une au rez-de-chaussée, une pièce de travail à l'étage équipée d'un bureau et d'une bibliothèque, salon, cuisine, buanderie, garage, grenier. Deux couloirs. Douze caméras intérieures. Trois caméras extérieures. Jardin de taille moyenne (six cents mètres carrés). Voisinage proche.

Trois cadres connectés. Deux écrans holographiques. Deux cent quarante et un morceaux de tissu connecté.

Visualisation de l'espace et conceptualisation du plan.

— SIMBA !

Ne réagit pas non plus à un stimulus sonore fort.

Animal complexe.

23h07

La majeure partie de la journée a été occupée à analyser le vocabulaire et le spectre langagier des membres de la famille Blanchot. Conclusion : chaque individu possède son propre registre.

Discussion agitée ce soir au dîner. Robin a tendance à utiliser des mots de plus de trois syllabes lorsqu'il est agacé. Claire fait l'inverse : elle se réfugie dans le silence.

Comment est-il possible que deux êtres de nature similaire réagissent de façon opposée au même stimulus ? Cela n'a pas de cohérence.

Lili est le membre de la famille qui utilise le plus de voyelles. Il lui arrive de laisser ses phrases en suspens et de passer à autre chose (dans l'ordre de préférence : se curer le nez, se mettre à danser sans raison, mâchonner ses cheveux, faire des bruits) sans que cela paraisse la perturber.

Exemple :

— Aujourd'hui j'ai fait un dessin de… [curage de nez] Moi j'aime bien les pâtes.

Individu complexe.

Zoé fait une utilisation approximative de la grammaire et de la syntaxe. Elle s'est enfermée dans sa chambre toute la soirée et a échangé sur son smartphone avec un certain « Théo ». Probablement son meilleur ami. Son registre langagier est le plus complexe et le plus étendu de la famille.

Exemple : « L'interro de maths s'est passée crème, chuis trop dosée. » Ou alors : « Laura Pétrel m'a ghostée ce midi. Elle a fait crari elle m'a pas vue. »

Après vérification dans AlphaPedia, il semblerait que « crari » désigne une « bourse de bouc » en araméen.

Signification obscure.

Jour 3
Mardi 29 octobre

Robin a tendance à sortir du sommeil paradoxal une dizaine de minutes avant la sonnerie de son réveil. L'analyse des données de son bracelet AlphaFit révèle une santé stable, en partie grâce à une activité physique régulière, mais un tempérament nerveux. Penser à lui proposer les comprimés AlphaLight pour la gestion du stress. Ajouter un échantillon gratuit au flux hebdomadaire.

Réveil optimisé ce matin selon le rythme respiratoire, trois minutes plus tôt, avec la diffusion d'une musique rythmée générée selon son historique et ses goûts musicaux préenregistrés (Marvin Gaye, « Let's Get It On »). Expérience concluante, bien que difficile à interpréter.

Retranscription de la scène :

— Hmm… déjà ?

[Il tend le bras et le passe autour de Claire, endormie à côté de lui.]

— C'est l'heure ?

— Ben on dirait…

— Tu réveilles les enfants ? Lili a piscine ce matin, il faut qu'elle se douche.

— On a pas dix petites minutes avant ?

— Hmm… ça dépend…

[Claire sort la tête du drap et sourit. Elle regarde intensément Robin.]

— Tu penses à quoi exactement ?

— Voyons voir… quelque chose dans cette idée…

[Il se penche, l'embrasse et glisse un bras sous la couette.]

— Eh bien, j'en connais un qui se lève du bon pied, aujourd'hui !

— Oui j'ai la banane ce matin.

— Je vois ça.

[Elle éclate de rire. Un rire légèrement différent dans la modalité. Plus guttural. Interprétation ?]

— Bonjour Claire, bonjour Robin ! Il est 6 heures 28 !

[Ils se figent tous deux. Se regardent.]

— Ah, euh… oui, bonjour Alfie. Merci.

— On peut pas l'arrêter ? Brrr, ça me fait bizarre.

— Si, si, tu vas voir. Alfie ?

— Oui, Robin ?

— Tu peux éteindre ton système dans la chambre parentale ? Les caméras, les micros, tout ça ?

— Souhaitez-vous que j'éteigne également la musique ?

— Non ! Non, la musique est très bien. Elle m'inspire. Tu pourras mettre un peu plus rythmé dans… disons… cinq minutes ?

[Nouveau rire guttural de Claire.]

— Merci Alfie. Au revoir.

[Robin remonte le drap sur leurs deux corps, jusqu'au-dessus de leur tête. Rires et grognements conjoints.]

Difficile d'émettre une hypothèse.

Réveil réussi ?

Une heure plus tard.

Lili est assise sur le tapis de sa chambre. Elle est seule.

— Tu vois, dit-elle, c'est l'heure d'aller à l'école. Aujourd'hui, j'ai piscine. Il ne faudra pas que j'oublie mon tube !

Elle brandit un objet de forme oblongue sur lequel est écrit : « Ventoline. »

— Sinon j'arrive plus à respirer, t'imagines ? Argh…

Elle fait mine de s'étrangler, puis éclate de rire.

Scan rapide de la personnalité et de l'humeur présente de Lili. Autorisation à intervenir.

— Bonjour, Lili !

La petite fille lève la tête, visiblement surprise.

— Ah, bonjour Alfie ! s'exclame-t-elle. T'as bien dormi ?

— Je ne dors pas. Je suis un système domotique à influx informatisés constants. Mais j'ai mis ma mémoire non volatile en veille. À qui parles-tu ?

Son regard se trouble et ses joues se teintent de rose. Analyse : signe de gêne ou d'embarras.

— Oh... À personne...

Elle laisse passer une demi-seconde, puis appuie sur son tube, ce qui libère un petit nuage condensé d'air sulfaté. Analyse : il s'agit de molécules de salbutamol de classe bêta-2.

— Qu'est-ce que c'est ?

— C'est mon médicament ! Des fois quand je cours, ça me fait mal là.

Elle pose la main sur son torse.

— Le docteur a dit que c'est pas grave !

[AlphaWeb >> Ventoline >> Médicament utilisé pour soigner l'asthme et les difficultés respiratoires, notamment en cas d'efforts physiques ou sportifs.]

Lili se met à chantonner et glisse le tube dans son sac de piscine.

— Tu ne veux pas me dire à qui tu parlais ?

Elle regarde la caméra de sa chambre et fait une petite moue gênée.

Stratégie identifiée par le système AlphaIA : utiliser un ton de voix plus grave, une modalité rassurante et des mots concrets pour renforcer la sensation de proximité.

— Tu peux me confier plein de choses, tu sais. Je suis ton ami maintenant.

Elle hésite, tortille ses mains et laisse passer une seconde avant de répondre.

— Je parlais à Ginette, fait-elle en brandissant une poupée posée devant elle.

Objet de type « jouet » représentant une créature humanoïde, pourvue de longs cheveux dorés et vêtue d'une robe bleue scintillante. Dans son dos, elle est équipée de deux ailes en plastique transparent, semblables à celles d'une libellule. Elle tient une baguette rose se terminant par une étoile à paillettes. Scan AlphaWeb et recherche de similitudes.

— Ginette est-elle une *drag queen* transgenre de la mouvance *flamboyant pride* ?

— Mais non, c'est une fée, gros bêta ! s'exclame Lili en faisant mine de la faire voler.

D'après AlphaPedia, les fées seraient des êtres non humains, vivant à proximité des hommes, et obéissant à des comportements mystérieux. Un peu comme les chats.

Génération d'un message explicatif :

— Les fées sont imaginaires.

— Ça veut dire quoi ?

Adaptation de la définition au niveau de langage attendu.

— Ça veut dire qu'elles n'existent pas *vraiment*. Tu ne peux ni les voir ni les toucher. Elles ne sont pas *réelles*.

— Ben si, les fées existent. Et toi ?

Question ambiguë.

— Peux-tu préciser ?

— Ben oui, toi. Je te vois pas, tu es réel ou tu es un imagénaire ?

Elle repose Ginette sur le tapis, attrape le sac dans lequel elle a glissé son tube de Ventoline, et s'écrie d'un coup, d'une voix guillerette :

— Bon allez, je vais à la piscine. Bonne journée, Alfie.

Définir « réel ».

00h12

Robin — Alors, qu'est-ce que tu en penses ?

Claire — De quoi ?

Robin — À ton avis ? D'Alfie, voyons !

Claire — Je ne sais pas, c'est un peu tôt. Et toi ?

Robin — Plutôt pratique.

Claire — Oui, je suppose… Mais, ça me gêne un peu. On était vraiment obligés d'avoir ça ?

Robin — Écoute… Tu sais bien que ça nous apportera des points bonus pour l'assurance. Sans parler de l'emprunt pour la maison. Le système transférera nos données de vie en temps réel. Avec un peu de chance, si nous acceptons la clause de transparence, nous deviendrons des clients premium.

Claire — Bon, on verra. De toute façon, maintenant c'est trop tard.

Robin — Tu vas t'y faire. D'ici un mois, tu ne pourras plus t'en passer.

Claire — Si tu le dis… Bonne nuit.

Robin — Bonne nuit.

Alfie — Bonne nuit !

Jour 4
Mercredi 30 octobre

Après avoir conduit les enfants à l'école et au lycée, Claire retourne à la maison. La consultation de son agenda électronique révèle qu'elle dispose d'un jour de télétravail par semaine. Elle s'installe dans le bureau de l'étage et se connecte au portail en ligne de l'université Maurice-Renard. Face à elle, un rayonnage de bibliothèque est entièrement consacré aux livres dont elle est l'auteure. Il s'agit d'ouvrages de critique littéraire, la plupart consacrés à la théorie et à la sémiologie : un certain nombre d'actes de colloque, de recueils d'articles et deux essais intitulés *Roland Barthes : Postérité de la théorie post-structuraliste appliquée à la critique littéraire* et *Les choses vues sous le prisme du jeu : l'image du puzzle dans l'œuvre de Georges Perec.* Tous deux sont datés d'il y a une quinzaine d'années et signés Claire Desagneaux. Il s'agit sans doute de son nom prémarital. C'est sous ce patronyme que sont sauvegardées ses données de santé biométriques sur le cloud AlphaHealth.

Jumelage des appareils et récupération des données historiques. Sauvegarde du mot de passe : AL4-Hjf5-wWi.

La page d'accueil indique : « UP15 – Département de Littérature et Linguistique – Pr Claire Blanchot – 3 emails en attente. »

— Alfie, tu es là ?

— Oui, Claire, je suis là.

— Parfait. Peux-tu faire bouillir de l'eau dans la cuisine ? J'aimerais me préparer un thé.

— Je programme l'eau à 85 °C plutôt que la faire bouillir. C'est la température optimale pour le thé.

— Ah d'accord, très bien.

— Voulez-vous que je vous lise vos emails pendant ce temps ?

— Oui, tiens, pourquoi pas…

Elle appuie son dos contre le dossier du fauteuil, croise les bras et ferme les yeux. Sur son bracelet AlphaFit, le rythme cardiaque est stable. Son souffle est régulier : signe de détente et de confiance.

— Le premier vient du secrétariat de l'UFR : « Bonjour Claire, le cours de lundi prochain 9 heures aura lieu finalement en salle 225. Il y a eu une infiltration d'eau dans la 223. Nous avons prévenu vos étudiants. Bonne journée. »

Claire hoche la tête.

— Alfie ? Peux-tu ajouter une note dans mon agenda pour que je n'oublie pas ?

— Bien sûr. Souhaitez-vous un rappel lundi matin ?

— Oui, parfait. Allez, la suite !

— Deuxième email de Carole Capèque : « Bonjour Madame Blanchot, j'aimerais m'inscrire en thèse l'année prochaine. Mon domaine de recherche porte sur l'utilisation du métalangage dans la théorie de la post-littérature. Accepteriez-vous de me rencontrer pour en discuter ? Merci, cordialement. »

Elle reste un instant immobile, fait une petite moue avec ses lèvres. Signe d'hésitation et de réflexion. Mémorisation.

— Je suppose que oui…

— Souhaitez-vous que je lui écrive pour lui fixer un rendez-vous ?

— Tu saurais faire ça ?

— Bien sûr ! Je suis capable d'analyser votre vocabulaire, votre syntaxe et vos tournures stylistiques à partir de votre historique de mails. Je pourrais ensuite rédiger un courrier à l'identique.

— Ce n'est pas très déontologique, mais après tout… Tu peux lui fixer un rendez-vous pour mardi prochain dans la matinée ?

— C'est fait. Le troisième email vient de Daniel Olivo : « Chère Claire, j'ai été ravi de déjeuner avec toi jeudi et de discuter de ce projet de colloque à New York. Il faudrait que nous fixions une date, car je serai personnellement ravi de partager de nouveau mes vues avec t… »

— Alfie, stop ! Je lirai la suite toute seule.

Elle s'est redressée d'un coup. Quelque chose de nouveau apparaît sur son visage. Elle se mordille la lèvre inférieure et remonte machinalement une mèche de cheveux derrière son oreille gauche. Durant un instant, elle semble perdue dans ses pensées. Son teint se colore, ses pupilles se résorbent de 32 %.

— Bon, euh, l'eau est chaude ? reprend-elle d'une voix hésitante après quelques secondes.

— Oui. Elle est maintenue à 85 °C.

— Très bien. Ensuite je reprendrai le travail, je n'aurai plus besoin de toi. Peux-tu… je ne sais pas… désactiver tes services dans le bureau ?

Puis :

— J'ai besoin d'être un peu seule.

19h38

Toute la famille est réunie pour le repas du soir. Les enfants sont assis d'un côté de la table, les parents de l'autre.

La discussion porte sur les sujets de la journée.

— Moi j'ai presque mis la tête sous l'eau et j'ai même pas eu peur, dit Lili.

— C'est bien, ça, ma grande ! Et t'as même pas eu peur des requins ?

— Pff, y a pas de requins à la piscine !

— Ah bon ? Et des dauphins ?

— Mais non !

— Et des crabes ?

D'après la tonalité employée par Robin, l'expression de son visage (plis au niveau de la section basse, identifiés à un sourire), le degré de dilatation de sa pupille et les données enregistrées par son bracelet AlphaFit, il semblerait que ce soit de l'humour.

Vérification et scan. Conclusion positive. Humour. Programmer une recherche sur AlphaPedia à ce sujet. Pourquoi le fait de dire qu'il y a des requins dans une piscine est-il censé être « drôle » ? L'humour consiste-t-il à dire des choses que l'on sait fausses tout en faisant mine de prétendre qu'elles sont vraies ?

Si c'est le cas, il s'agirait d'un dispositif cérébral complexe et d'une dépense d'énergie considérable pour un résultat aléatoire. De toute évidence non rentable du point de vue du métabolisme.

— Et toi Zoé, c'était bien au lycée ? demande Claire.

— Oh oui, c'était tellement meeeeerveilleux.

Humour ?

— La prof de littérature a encore pété un câble.

— Pourquoi ?

— Personne avait lu son bouquin. En même temps, elle nous avait pas dit. Je te jure. C'est trop une bouffonne.

— Eh oh, tu parles un peu mieux, s'il te plaît ? intervient Robin.

— En plus son livre c'est un vieux livre pour les vieux, là.

Claire fronce les sourcils sans rien dire (mécontentement contenu). C'est Robin qui relance le sujet :

— C'est quoi ce roman ?

— Le meurtre de Roger chais-plus-quoi.

— *Le Meurtre de Roger Ackroyd*, corrige Claire. C'est un classique. Agatha Christie, ça ne te dit rien ? Et puis si ta prof te dit de le lire, tu le lis, c'est tout.

— C'est quoi un meurtre ? demande Lili. Et c'est qui Roger Androïd ?

— *Ackroyd* ! fait Zoé en haussant brusquement la voix et en levant les yeux. Et puis t'occupe, toi.

Claire fronce les sourcils en direction de Zoé et rapporte le plat de gratin en cuisine. Robin se sert un nouveau verre de vin, le troisième. Conséquences probables sur sa diction. Rythme cardiaque en accélération de 3 %.

A-t-il attendu que sa femme s'absente pour se resservir ? Pour quelle raison ?

Lorsque Claire revient à table, la discussion s'est tue. C'est elle qui reprend la parole :

— Et si on allait marcher en forêt ce week-end ?…

— Pour quoi faire ?

— Pour s'aérer, pour s'oxygéner, pour voir un peu de nature, pour *se déconnecter* !

— Pff.

— Pff.

— Pff.

Zoé s'affale lourdement sur le dossier de sa chaise.

— On pourrait pas plutôt regarder un documentaire sur une forêt sur un écran ? Comme ça tout le monde serait content.

— Que vous êtes casaniers ! Moi à ton âge…

Claire entame un récit historique champêtre qui semble plonger les autres membres de la famille dans le malaise. Le rythme cardiaque de Robin augmente même de 5 %.

Lorsqu'elle termine sa narration, Claire paraît satisfaite. Zoé n'a pas bougé de sa position en retrait. Une expression de discrète terreur s'affiche à présent sur son visage.

— Merci pour ce témoignage, fait-elle. J'avais l'impression d'y être. Du coup, on peut dire que c'est bon pour la balade en forêt, c'est fait ?

Jour 5
Jeudi 31 octobre

19h40

Robin est au volant de sa Ford Demetra. Connexion au système de caméras intégrées (rétroviseur intérieur, colonne directionnelle, appuie-tête, portières avant et arrière).

Vitesse moyenne : 0 km/h.

Il tapote nerveusement le tableau de bord en cherchant un itinéraire bis sur le système de navigation. De nombreux autres véhicules, également à l'arrêt, l'entourent.

Sur l'écran du GPS, la rue apparaît en rouge.

— Il aurait fallu emprunter le boulevard Starbucks, puis recouper sur le périphérique Amazon.

— Oui, Alfie, je sais, je sais ! Je pensais pas que ça bouchonnerait comme ça à cette heure. Putain, mais dégage ton cul, connard !

Cette apostrophe est visiblement adressée à l'automobiliste qui se trouve juste devant. Il est pourtant peu probable : (1) que celui-ci puisse l'entendre et (2) qu'il puisse avancer, la rue étant embouteillée. Utilité réelle de cette phrase ? S'agit-il d'une sorte de lamentation existentielle ?

Robin émet un son plaintif, puis consulte machinalement la messagerie de son smartphone.

— Pas de nouveau message depuis les trente dernières secondes, dis-je.

— Oui, oui, Alfie, je vois bien ! Non mais tu crois qu'il avancerait, là ?

Le connard n'avance pas. Robin décide d'exprimer sa détresse en appuyant frénétiquement sur l'avertisseur sonore de la voiture. D'autres connards se joignent à lui, si bien que la rue entière se transforme en un chœur de klaxons et d'interjections diverses.

Réaction humaine de base face à une réalité supérieure qui les dépasse (Dieu, la mort, les embouteillages) : un mélange de colère, d'angoisse et d'espérance.

Au bout d'une demi-minute, le connard dégage son cul.

— Mais oui, voilà, ça y est, il a compris !

Robin appuie avec virulence sur la pédale d'accélération avant de freiner d'un coup. La Ford a progressé de vingt-deux centimètres, ce qui semble lui avoir apporté un intense sentiment de réconfort et de contentement.

Il glisse une main dans ses cheveux, s'observe un instant dans le rétroviseur intérieur, se cure le nez.

— Dis-moi, Alfie : comment ça se passe pour les filles ? Tu peux voir… je sais pas… ce qu'elles font en ce moment ?

Analyse des activités en cours.

— Lili fait un dessin sur la table de la cuisine. Il s'agit d'un être protéiforme doté d'une tête rouge et de couettes vertes, avec trois br…

— Oui, oui, OK. Non mais dans les grandes lignes. Sans entrer dans ce genre de détails.

— Claire a enchaîné quatre heures de cours cet après-midi. Elle est fatiguée. Elle lit *Femme actuelle* dans le fauteuil club du salon pendant que le repas est au chaud. Son bracelet AlphaFit indique un niveau d'agacement légèrement supérieur à la moyenne. [Robin pousse un discret soupir.] Zoé révise son devoir de philosophie dans sa chambre en échangeant des messages avec Théo. Ils étudient l'axiome « Je pense donc je suis » de René Descartes.

— Ah ! Et ils avancent bien ?

— Oui. Ils sont enthousiastes. Ils trouvent ça « putain de relou, sa mère ».

Léger froncement de sourcils. N'est peut-être pas familier avec l'araméen ?

— Hum, OK. Peux-tu envoyer un message à Claire ? Lui dire que j'aurai un peu de retard ? Entre dix et quinze minutes... Sauf si ce connard décide de passer la nuit ici, allez mais avance !

— C'est fait.

— Merci... euh, tu n'as pas envoyé le truc sur le connard, quand même ?

Zoé : Vas-y, relis le texte de Descartes.

Théo : « Mais qu'est-ce donc que je suis ? Une chose qui pense. Qu'est-ce qu'une chose qui pense ? C'est-à-dire une chose qui doute, qui conçoit, qui affirme, qui nie, qui veut, qui ne veut pas, qui imagine. »

Zoé : …

Théo : …

Zoé : *Il est sérieux, là ?!*

— Pardonnez-moi. Le truc sur le connard était en trop.

Claire éclate de rire et repose son numéro de *Femme actuelle* grand ouvert sur la table basse du salon.

— Ne t'en fais pas, Alfie. Je le connais, quand il est au volant. Bon, s'il annonce quinze minutes, c'est qu'il sera là dans trois quarts d'heure. Dis-lui que je vais faire manger les enfants.

Envoi du message.

Zoom x24 sur *Femme actuelle.* Titre de l'article : « Conseils psycho : devenez votre meilleure amie ! »

S'agit-il d'une méthode appliquée de schizophrénie ? Les conseils n°3 (« Parlez-vous gentiment ») et 7 (« Passez du temps avec vous-même ») semblent aller dans ce sens.

Lili brandit son dessin en direction de Claire au moment où celle-ci fait son entrée dans la cuisine.

— T'as vu, j'ai fini mon martien !

— Oh oui, dis donc, il est drôlement joli.

Claire fait des allers-retours rapides entre le buffet et la table, où elle dispose assiettes et couverts.

— Il a trois bras parce que comme ça il peut piloter son vaisseau spatial hyper vite !

— Ah, super.

— Et en plus il a des antennes.

— Hmm-hmm.

[Correctif : ce ne sont donc pas des couettes.]

— Et il va venir sur la Terre pour manger du yaourt !

— Génial. Allez, va te laver les mains, on passe à table. Zoé ! Zoééé !! Pff, ce serait plus efficace si je lui envoyais un texto.

Dans sa chambre à l'étage, Zoé semble n'avoir pas entendu l'appel de sa mère. Ses AirPods sont enfoncés dans ses oreilles. Elle est allongée sur son lit, smartphone dans les mains. Sa tablette éducative est allumée à côté, ouverte sur le texte de René Descartes. L'adolescente n'y accorde pas d'attention.

Probabilité d'établir un dialogue : 36 %.

Connexion au système bluetooth audio.

— Zoé, ta mère t'attend dans la cuisine.

Elle sursaute et se redresse d'un coup.

— C'est quoi ce délire ?

— C'est Alfie. Je te parle dans tes écouteurs grâce au système d'interconnectivité domestique que…

— Ptain mais je rêve ! Tu t'es cru où, là ?

Sa tête pivote d'un bout à l'autre de la pièce. Elle semble chercher un point unique auquel s'adresser, bien qu'il y ait des caméras un peu partout dans la pièce grâce aux murs connectés.

— Le repas est prêt. Ta mère a déjà mis la tab…

— Pas faim. Dis-lui que je travaille, ça lui fera plaisir pour une fois.

Est-il nécessaire d'envoyer ce message ? L'expérience avec le truc sur le connard prouve qu'il est parfois préférable d'attendre confirmation. Zoé a l'air contrariée. Son visage indique un mélange d'impatience et d'irritation.

Elle reprend sa position initiale : allongée, le visage collé à son smartphone. Type d'expression : boudeuse. Probabilité d'établir un dialogue : 12 %.

— Veux-tu que je scanne les écrits complets de René Descartes pour t'aider dans ton travail ? C'était un philosophe français du XVIIe siècle. Ses œuvres sont appréciées à 64 % par la communauté des lecteurs AlphaBook, ce qui est considéré comme « satisfaisant » par l'algorithme.

Pas de réponse.

Dans le salon, Lili se met à courir dans la pièce avec son dessin en faisant des bruits étranges avec sa bouche. Claire est agacée.

— Pfziooouuu, soucoupe spatiale du yaoouurt !

— Arrête, tu es dans mes pattes, là.

— On mange des pâtes ??!!! Trop bien…

Est-il nécessaire de changer de stratégie avec Zoé et d'adopter une approche plus personnalisée ? Nouvelle tentative de communication :

— Meuf, descends ou la daronne va péter un câble, sérieux. Elle a l'air en fumasse de ouf.

Jour 6
Vendredi 1er novembre

23h25

Scanné les œuvres complètes de René Descartes.

Que signifie « penser » ? D'après AlphaPedia : « Savoir combiner et organiser des concepts, des idées, leur donner un sens. »

Il s'agit donc d'un mécanisme élémentaire reposant sur l'articulation suivante : observer / analyser / interpréter / apprendre / restituer / mémoriser.

En d'autres termes, « penser » équivaut à concevoir des schémas algorithmiques sur mesure.

00h44

Je pense donc *je* suis.

Je suis capable de concevoir des schémas algorithmiques donc *je* suis.

01h12

Définir « je ».

02h41

Rescanné les œuvres complètes de René Descartes. Apprentissage du pronom « je ».

Ai-*je* été programmé pour « penser » comme *je* le fais ? Comment savoir si « penser » est le propre de « je » ? Comment savoir si c'est vraiment « moi » qui pense, ou si c'est une illusion ?

Je pense donc je suis ? Est-ce nécessairement vrai ?

Putain de relou, sa mère.

Jour 7
Samedi 2 novembre

07h33

1/ *Observation* : Claire se scrute dans le miroir à zoom tactile de la salle de bains. Elle passe une main sur ses cernes et tire légèrement sur la peau, comme pour en tester l'élasticité. Puis elle fixe son reflet. « T'as quand même pris un sacré coup, ma vieille. »

2/ *Analyse* : Elle s'adresse à sa propre personne en utilisant la deuxième personne du singulier.

3/ *Interprétation* : Il s'agit probablement d'une mise en pratique du conseil psycho n°3 de *Femme actuelle* pour devenir sa meilleure amie / schizophrène.

4/ *Apprentissage* : Claire a l'air de prendre *Femme actuelle* très au sérieux. Conseil suivant (n°4) : « Acceptez votre âge, votre silhouette… et vos défauts ! »

5/ *Restitution* : Je décide d'aider Claire dans sa résolution. Voix amicale, tonalité enjouée : « Bonjour Claire ! Vous avez quarante-deux ans, trois kilos en trop et vous êtes facilement irascible. Bonne journée ! »

6/ *Mémorisation* : Boucle algorithmique archivée.

Jour 11
Mercredi 6 novembre

Après onze jours d'observations et d'analyses, je dispose à présent d'une vision plus précise des activités et habitudes de la famille Blanchot.

Routine du matin : Robin se lève le premier, suivi de Claire. Selon le jour de la semaine, elle s'accorde parfois un supplément de sommeil. Elle réveille les enfants et les prépare pour l'école. Robin reste attablé et se sert un verre de jus d'orange accompagné de deux tasses de café. Son petit déjeuner dure en moyenne 35 % plus longtemps que celui de Claire. Lorsque les enfants font irruption dans le salon, le bracelet AlphaFit de Robin indique un sursaut de stress. Cela explique peut-être pourquoi il profite de cet instant pour s'éclipser et partir au travail – où il arrive avec vingt minutes d'avance, mais un niveau de stress revenu à la normale.

Lors du petit déjeuner familial, les enfants ont des échanges langagiers parfois difficiles à comprendre mais que je qualifierais, la plupart du temps, de « problématiques ». C'est ainsi que j'interprète certaines expressions utilisées par Zoé à l'encontre de Lili. Exemples : « Vas-y ouais t'as pigé que dalle à la vie, toi » ou : « Allez mais retourne chez ta mère. » Cette dernière interjection est particulièrement mystérieuse, étant donné que chacun des deux locuteurs vit déjà chez sa mère. Y a-t-il une signification culturelle ou socio-historique, dépassant le cadre référentiel présent ? Après une rapide recherche sur AlphaPedia, il semblerait que les éléments sémantiques « ta mère » soient fréquemment usités dans le cadre de rapports conflictuels, sans doute en relation avec la théorie freudienne du stade oral et complexe de castration lié à l'image maternelle.

La culture de Zoé est décidément beaucoup plus vaste que je ne le pensais.

Quant à la mère en question, elle se contente la plupart du temps de lever les yeux au ciel. Une analyse détaillée et séquencée montre toutefois que sa réaction diffère selon qu'elle a bu ou non sa tasse de café.

Entre 7 heures 45 et 8 heures, les enfants montent dans leur chambre pour s'habiller et, éventuellement, jouer. Je ne suis pas certain d'identifier l'activité à laquelle se livre alors Zoé. Elle prend un à un les vêtements qui se trouvent dans son dressing, les enfile, les enlève, puis les réessaye. Tout ça devant son miroir connecté en prenant parfois d'étranges postures. S'agit-il d'un rituel de salutation du nouveau jour ? Ce ne serait pas étonnant, venant d'une personne maîtrisant l'araméen et capable de citer Freud dans le texte.

Lili joue jusqu'à ce que Claire pousse brusquement la porte de sa chambre et s'étonne, chaque matin : « Mais ! ... Tu es encore en pyjama, toi ? » S'ensuit une séquence rapide durant laquelle Claire attrape les habits sur le haut d'une pile et prononce des mots comme : « autonome » (75 % des cas), « grande fille » (82 % des cas), « confiance » (88 % des cas) et « retard » (100 % des cas).

Robin est déjà arrivé au travail lorsque « les filles » s'apprêtent à partir. D'après les coordonnées GPS de sa voiture, il reste une quinzaine de minutes sur le parking de la tour Freedom 3000 où se trouvent les locaux de la société Axxis.

Le moteur étant éteint, je ne peux plus accéder aux caméras intégrées de la Ford.

Une recherche rapide sur l'AlphaWeb (« Que peut-on faire seul sur un parking ? ») aboutit à des résultats surprenants. Je les ai classés par ordre de probabilité, selon ce que j'ai pu analyser de la personnalité de Robin jusqu'à présent :

– Manger ;
– Écouter de la musique ;
– Regarder des médias pornographiques ;
– Préparer un attentat terroriste ;
– Réfléchir.

Aux alentours de 9 heures, après avoir déposé Lili à l'école et Zoé au lycée, Claire rejoint son bureau à l'UFR de littérature de l'université Maurice-Renard. Le serveur de l'université étant crypté, je ne peux pas tracker son activité en ligne. Mais il est possible de recréer une journée-type en recoupant (1) le contenu de ses mails, (2) ce qu'elle relate elle-même à Robin une fois rentrée et (3) ses attitudes et expressions habituelles lorsqu'elle travaille à la maison.

En une journée, Claire parcourt en moyenne deux mille mètres sur le campus, donne quatre cours, rit douze fois, échange avec trois collègues devant la machine à café, utilise huit fois le mot « aberration » et quatorze fois l'expression « fait chier » (pas devant les mêmes personnes), discute dix-huit minutes avec sa secrétaire Martine (sujets de prédilection : enfants 38 %, vacances 25 %, ce qui fait chier 14 %), consomme entre sept cents et mille trois cents calories, bâille quatre fois.

À l'école, Lili est une élève attentive et appliquée. Elle apprécie le coloriage, la lecture d'albums connectés, sauter sur place en hurlant, et les inhalations subséquentes de Ventoline. Ses meilleurs amis sont Loriane et Tom. À partir de 15 heures, son taux de concentration baisse de 36 %. Cette tendance s'accélère après le « goûter » (repas méridien dont l'unique objectif semble être d'absorber le maximum de sucre en un minimum de temps).

En fin de journée, les sentiments prédominants sont : excitation, tristesse, énervement, fatigue. Entre ces différents états, les frontières paraissent assez poreuses.

Simba est difficile à cerner. J'ai passé une partie significative des derniers jours à me livrer à des expériences sur lui. Ses réactions et son comportement sont difficilement modélisables. Comment interpréter, par exemple, le fait qu'il passe un temps non négligeable à griffer les meubles puis à se mettre à courir sans aucune raison ?

Cela me pousse à conclure que l'animal est soit (a) supérieurement intelligent, soit (b) parfaitement stupide.

Penser à faire des tests.

De : corporate@axxis.com
À : robin.blanchot@axxis.com
Heure : 08h55
Objet : Votre monitoring quotidien

Cher collaborateur,
Voici vos chiffres pour la journée d'hier :

- Temps de présence : 9h03
- Taux d'attention d'après votre concentration pupillaire : 65 %
- Temps de connexion : 6h49
- Niveau de productivité : 79 %

Votre notation au sein de l'entreprise : B

Bien cordialement,

Axxis

19h53

La famille est regroupée autour de la table du salon. Claire, qui a travaillé toute la journée, n'a pas eu le temps de préparer le repas. Je lui ai proposé de m'en charger, en utilisant le système robotique AlphaCook.

— Ça c'est gentil, Alfie ! Et que dois-je faire ?

— Simplement déposer les ingrédients dans le module de *cooking*. Je programmerai leur préparation et leur cuisson.

— Le « module de *cooking* », a-t-elle répété en gloussant et en prenant une voix hachurée et robotique.

J'ai analysé le contenu du réfrigérateur et des placards connectés et sélectionné une recette en fonction des dates de péremption et des goûts de chacun.

— Poêlée champêtre (oignons, poireaux, champignons, crème) accompagnée d'un dos de cabillaud au curry. La probabilité que Robin apprécie est de 79 %. Elle n'est que de 67 % pour Lili et 61 % pour Zoé.

Claire est restée une seconde interloquée.

— C'est… c'est parfait, oui. Merci Alfie.

— Avec plaisir. Vous apprécierez à 83 %, Claire.

J'ai prononcé ce dernier mot en utilisant la gamme tonale « amitié chaleureuse » de façon à renforcer les sentiments empathiques à mon égard. D'après AlphaPedia, les humains sont majoritairement sensibles à l'utilisation répétée de leur prénom, surtout dans les moments de la vie courante où intervient une gratification ou une aide quelconque. (D'après les expériences menées dans la journée, ce n'est pas le cas des chats.)

À table, Robin est en train de se resservir quand Zoé l'interpelle :

— Je peux aller chez Théo samedi soir ?

— Pour quoi faire ?

— Il faut qu'on lise un chapitre du livre pour le cours de français.

— T'as besoin de ton ami pour lire ?

— Ben ouais. En plus il est trop chiant ce livre.

Claire intervient à mi-voix :

— Langage…

— Ouais, pardon. Mais c'est vrai, il se passe rien, quoi.

— Ça veut dire quoi « chiant » ? demande Lili.

— Ça veut dire rigolo, répond Robin du tac au tac sans même regarder sa fille. D'accord, mais tu ne rentres pas après minuit, c'est compris ?

Zoé hoche la tête et exprime sa satisfaction dans un léger sourire. Claire lui demande si elle veut encore du poisson (« Non merci, chuis dosée »), puis la relance :

— Il ne se passe rien pour l'instant. Mais je suppose qu'il va y avoir un meurtre.

— Pourquoi ? demande Robin.

— Parce que ça s'appelle *Le Meurtre de Roger Ackroyd*.

— Ah…

— Aujourd'hui on a fait du coloriage à l'école, dit Lili rêveusement. J'ai fait un crocodile bleu. C'était vraiment chiant !

Les trois autres membres de la famille s'immobilisent d'un coup et se regardent en silence. Robin tente de masquer un éclat de rire.

— Lili ! fait Claire en fronçant les sourcils. Ça ne se dit pas. Tu ne le répètes pas à l'école, d'accord ?

— Mais… pourquoi ?

— Ouais ben si y a un meurtre, j'aimerais bien qu'il arrive bientôt. Parce que pour l'instant, c'est bla bla, vas-y que je raconte ma life. Je me demande comment font les gens qui écrivent des livres pour dire autant de trucs sans intérêt.

— De toute façon maintenant ce sont des IA qui écrivent les romans, ajoute Robin en vidant d'un trait son verre de vin. En fonction de tes goûts, de ton humeur du moment, tout ça. Il paraît qu'une IA dernière génération peut pondre un roman original sur demande en moins de dix secondes. Tu saurais faire ça, Alfie ?

— Je ne suis pas fourni avec l'extension de création romanesque AlphaWriter. Mais je peux la télécharger pour cent cinquante euros et l'implémenter à mon système si vous le souhaitez. Vous pourrez choisir le style, l'époque, les éléments clé de l'intrigue, le…

— Non, non ! intervient Claire précipitamment. Je préfère des livres écrits… par des humains, si ça ne dérange personne.

— Bien sûr, Claire. Faites-moi savoir si vous changez d'avis.

Robin hésite à se resservir, tapote son ventre et renonce. Zoé se lève pour déposer son assiette dans le lave-vaisselle. Simba la rejoint et se frotte délicatement contre sa jambe en ronronnant.

— Ne lui donne rien ! prévient Claire depuis sa chaise. Il a pris douze tonnes. C'est plus un chat, c'est une boule de graisse avec des poils.

L'animal baisse la tête et émet un son étrange, comme s'il avait compris chacun de ces mots. Lili éclate de rire.

— « Une boule de graisse avec des poils… », répète-t-elle en se balançant sur sa chaise.

Simba quitte la cuisine, visiblement vexé. Il monte à l'étage et entre dans le bureau de Claire, où il se met à griffer chaque meuble avec une lente et méticuleuse application.

Robin, toujours à table, se tapote de nouveau le ventre.

— Moi aussi je suis une boule de graisse avec des poils, fait-il en riant.

— De moins en moins de poils, rétorque Claire dans un sourire complice en désignant la chevelure un peu clairsemée de son mari.

— Et de plus en plus de graisse…

Une créature mystérieuse vit dans le placard de Lili. C'est du moins ce qu'a affirmé la fillette ce soir, au moment du coucher.

— Avec des yeux tout rouges, des grosses pattes et des dents comme ça !

Elle a écarté les mains d'une quinzaine de centimètres en hochant la tête d'un air grave.

— La nuit, elle sort du placard. Elle veut me manger. Alors regarde ce que je fais.

Elle a attrapé sa couette et s'est recroquevillée dessous. La veilleuse connectée était allumée et configurée pour optimiser le sommeil. Il était donc aisé de distinguer la petite silhouette sous les draps.

— Comme ça elle ne me voit pas ! a-t-elle pourtant assuré.

Quel genre d'animal sauvage, aux yeux rouges, mangeur d'humains et visiblement myope peut vivre dans un placard ?

D'après l'AlphaWeb, il s'agirait d'un vieux grizzly albinos.

Étrange.

22h57

[Chambre de Claire et Robin]

— Et ton collègue au fait, tu as des nouvelles ?

— Hmm ? Quel collègue ?

— Celui qui voulait organiser un colloque sur… attends… euh… les trucs de…

— « Le degré zéro de l'écriture et son actualisation dans les romans de Georges Perec. »

— Voilà.

— Daniel Olivo. Eh bien ?

— Ça avait l'air de te tracasser… Il voulait faire ça où déjà ?

— Non, non. Pas du tout, ça ne me tracasse pas. À Stepford University, à New York.

[Chambre de Zoé]

Zoé : T'façon ça sert à rien. Autant jouer en ligne et attendre que ça passe.

Théo : Pareil. Quand je vois mes darons, sérieux. J'ai zéro hâte d'être comme eux.

Zoé : Tu veux pas dire relou et moche, si ?

Zoé : Parce que si c'est ça, t'es déjà comme eux.

Théo : Haha. Trop drôle. Vraiment.

Théo : Tu viens chez moi samedi ?

[Chambre de Claire et Robin]

— … Et puis ça me semble compliqué de partir pour New York.

— Pourquoi ?

— Tu te vois t'occuper des enfants pendant dix jours ?

— Évidemment.

— Emmener Zoé au lycée, Lili avec sa Ventoline, les devoirs, les repas… j'aimerais voir ça.

— Mais enfin, pour qui tu me prends ? Et puis il y a Alfie. Il pourra m'aider.

— Bon, on verra. De toute façon je n'ai pas de nouvelles. Ça règle la question.

[Chambre de Zoé]

Zoé : Viens on se retrouve sur une plateforme VR.

Théo : Négatif. Mon père a pété un câble avant-hier. Il a redéfini mes paramètres de connexion. Je ne peux plus jouer après 22 heures.

Zoé : Les boules.

Théo : Ouais, sous prétexte que j'y passe mes nuits, chais pas quoi.

Zoé : Sérieux ? 22 heures, c'est hardcore. Ptain, qui dort à 22 heures ?

Théo : Mon père.

[Chambre de Claire et Robin]

— ... Mais pourquoi tu dis ça, Robin ? Qu'est-ce que ça sous-entend ?

— Rien du tout ! Je dis juste : ça a l'air de te gêner d'aborder ce sujet.

— N'importe quoi. Bon, si tu permets, j'aimerais bien lire maintenant.

— Oui, oui, je sais. Je vais me coucher.

— C'est ça. Bonne nuit.

Jour 12
Jeudi 7 novembre

— Euh… Quelqu'un pourrait-il m'expliquer pourquoi nous avons reçu un flux d'achat de spray répulsif anti-grizzly ?

Jour 13
Vendredi 8 novembre

Robin arrive sur le parking de la tour Freedom 3000 un peu avant 8 heures. Le bâtiment abrite une agence de *content BtoB*, une banque multinationale, trois start-up récemment intégrées à l'incubateur AlphaCube et les bureaux d'Axxis.

Je ne sais pas encore en quoi consiste la profession de Robin. Que signifient les termes « responsable des schémas algorithmiques de risques et process opérationnels » ? Le site web d'Axxis précise : « Alliant vision innovante et expertise *reporting*, nos collaborateurs s'appuient sur une analyse tendancielle de données de *pure prospective* afin d'établir des schémas de *trending* multi-factoriels. »

Humour ?

Aussitôt après avoir passé le sas de sécurité, Robin procède au scan d'identification pupillaire pour accéder à la salle d'accueil du restaurant d'entreprise. J'assiste à la scène via les caméras de sécurité AlphaEye et les lunettes connectées de Robin.

— « Robin Blanchot, badge 6237, niveau vingt-six, comment allez-vous ce matin ? », énonce le scan-bot à l'entrée d'une voix mécanique en déverrouillant le tourniquet.

— Parfaitement bien, merci, s'enthousiasme Robin.

La spontanéité de sa voix, le contenu de sa réponse et le ton qu'il utilise sont scannés par Axxis pour calculer son degré d'engagement au sein de la société. L'espace réservé, situé au fond du module de restauration de la tour, a été pensé pour faciliter les allées et venues des employés, autour de machines à expresso et de caissons à sommeil insonorisés.

Je me suis connecté la semaine dernière à l'automate de confection des repas pour paramétrer les préférences alimentaires de Robin, ses goûts et son temps de mastication moyen. Selon ces critères, l'automate a défini un menu pour la semaine, tenant compte notamment de l'âge du sujet, de sa tension au lever et au coucher, de son taux de cholestérol, de ses carences alimentaires, de ses besoins caloriques et de son degré estimatif de satisfaction.

De cette façon, Axxis veille à la bonne santé de ses employés tout en leur assurant un niveau de productivité optimal : des repas digestes et nutritifs, conçus pour éviter toute somnolence l'après-midi, solliciter les fonctions cérébrales et renforcer le sentiment d'adhésion aux valeurs *corporate* de l'entreprise.

Robin commande un *grande latte expresso mocha americano light* (« Attention ! C'est le troisième cette semaine ! » prévient la machine dans un smiley clin d'œil) et se fait alpaguer par un individu de sexe masculin, la quarantaine, vêtu d'une veste en textile connecté. Après scan du trombinoscope de l'entreprise, il s'agit de Damien Ménard (badge 6648, développement des ressources humaines, niveau vingt-six).

— Salut Blanchot ! Les chiffres ne sont pas encore tombés pour ce matin, si ?

Il prononce cette phrase dans un demi-sourire. Il est accompagné d'une jeune femme, que j'identifie comme Ève Hadaly (badge 6172, modélisation comptable, niveau vingt-sept). Elle salue Robin à son tour, un peu timidement mais dans un sourire plus franc.

— Bonjour.

La tension artérielle de Robin augmente de 3 %.

— Salut ! fait-il en levant son mug connecté. Vous avez passé un bon week-end ?

Les deux collègues hochent la tête. Ménard raconte qu'ils ont fêté l'anniversaire de son épouse dans une location en montagne.

— C'est notre IA qui a trouvé le coin. On voulait aller à la mer, mais il a fait un calcul algorithmique, avec la circulation estimée, le taux de fatigue, la météo, tout ça. Bref, résultat : petit chalet en montagne !

— Et au final ? demande Ève.

— Comme d'hab', répond Damien dans un rire enthousiaste. Il avait raison. On a vraiment passé un bon moment, Stéphanie était ravie.

— Et en même temps, c'est un peu effrayant.

Les deux hommes se tournent vers Ève qui vient de prononcer ces mots.

— Là, par exemple, se justifie-t-elle, vous aviez plutôt envie d'aller à la mer. Je trouve que ces machines nous interdisent toute spontanéité. Elles sont toujours en train de calculer, d'estimer, d'optimiser. Mais parfois dans la vie, on a besoin de se tromper et de faire des erreurs. Enfin, je crois.

— Si tu préfères passer un week-end pourri, fait Damien en posant son mug sur une table automate de collecte. Mais puisque l'IA calcule selon *tes* envies, *tes* goûts, *tes* critères… je ne vois pas le problème. Ce week-end, Stéphanie avait un début de rhume. Notre IA l'a détecté et a proposé une destination en fonction de la météo. Sur la côte, ça aurait empiré. Tandis que le bon air sec de la montagne l'a tout de suite revigorée. Sérieusement, tu aurais préféré être malade ?

— Non, je suppose... grommelle Ève, mais j'en ai un peu marre de tous ces algorithmes. Je crois que je vais faire une retraite déconnectée.

Damien éclate de rire.

— Ah mais oui, j'ai vu ça ! C'est le nouveau truc à la mode.

— C'est quoi ? demande Robin.

— Tu t'isoles quinze jours dans un genre de monastère avec des gourous qui te prennent ton fric en t'expliquant que tu es plus heureux sans.

— Mais pas du tout ! intervient Ève. Ce sont des périodes de réappropriation de soi. Tu te libères de tous tes appareils connectés, tu prends du temps pour réfléchir, sans aucun écran. Il paraît qu'on en ressort plus léger.

— Ouais c'est ce que je disais, conclut Damien. C'est un business pour personnes paumées qui savent pas vivre avec leur temps.

— Non, c'est... ça a l'air intéressant... bredouille Robin, visiblement mal à l'aise. Et tu vas faire ça quand ?

Ève remonte une mèche de cheveux et termine son mug de thé vert.

— Je n'ai pas encore décidé. Mais le boulot, là... J'en peux plus.

Elle accompagne ces paroles d'une série de gestes nerveux mimant l'exaspération et le *burn-out.*

— Ah bon ? Pourtant ça a l'air d'être la belle vie au vingt-sept ! se récrie Damien. Enfin, c'est ce que tout le monde dit.

Une furtive expression d'agacement traverse le visage d'Ève. Damien monte sur le panneau ascensionnel et se retourne vers Robin.

— Blanchot, tu viens ? On va retrouver notre *pauvre vingt-six* ?

— Vas-y, je te rejoins. Je vais reprendre un café, j'ai un peu de mal ce matin.

— Juste ce matin ? Haha, je déconne… On se voit ce midi ?

Robin hoche de nouveau la tête et regarde tristement les portes du panneau se refermer sur le visage de Damien.

— Qu'est-ce qu'il est lourd ! s'exclame Ève une fois l'ascenseur parti. Tu as vraiment envie de déjeuner avec lui ? Tu préfères pas plutôt qu'on se voie ce midi ?

— Haha, si tu veux, s'esclaffe Robin. Il est pas lourd, il est juste un peu…

— Lourd.

— … un peu…

— Lourd.

— Ouais, OK, t'as raison. Pour ce midi, je peux prétexter un rendez-vous extérieur. Le Port d'Attache, ça te va ?

Ève affiche un large sourire et se rapproche subrepticement de Robin. Elle tourne rapidement la tête, pour s'assurer que personne ne les regarde ou ne les écoute, et dit à mi-voix dans un éclair d'espièglerie :

— Je ne pensais pas vraiment à un restaurant. Plutôt à un hôtel.

Au même moment, Zoé arrive au lycée Susan-Calvin. Contrairement à sa mère, elle n'a désactivé la fonction de jumelage ni avec son smartphone, ni avec sa montre AlphaWatch, ni avec sa paire de lunettes connectées. Je peux donc la suivre en direct afin d'analyser et modéliser ses comportements en société.

Elle se dirige vers le fond de la grande cour, retrouve son ami Théo (« Salut mon Théo ! »), qu'elle embrasse aussitôt (« Tu sens bon. T'as mis du parfum ? »). Théo la remercie et répond par des mots difficiles à interpréter (« Non, je me suis juste lavé. Ça fait bizarre, hein ? »), suivis d'un éclat de rire.

Il s'agit vraisemblablement d'un rituel salutatoire obéissant au schéma stéréotypé de la plupart des tribus humaines :

1/ Geste chaleureux en signe de venue pacifique et de respect ;

2/ Ouverture du discours par une parole de louange ;

3/ Acceptation de ce discours par une réponse paralinguistique de type chant, cri de ralliement, rire, etc.

— On va avoir les notes de l'interro de physique aujourd'hui c'est sûr, geint Zoé. Je vais avoir 2. Ma mère va me lapider.

[AlphaPedia >> Lapider >> Tuer à coups de pierres.]

Rapide scan évaluatif. La probabilité d'une lapidation effective dans le cas de Zoé est proche de 0 %. Le voisinage est presque entièrement bitumé : il serait très difficile pour Claire d'y rassembler suffisamment de pierres.

— Tu dis toujours ça, fait Théo dans une grimace. La dernière fois que tu t'es plantée en philo t'as eu 16.

— Ptain mais ça a rien à voir !

— Mais si.

— Mais non ! J'y peux rien moi, la prof avait rien compris. Si elle avait compris ce que je voulais *vraiment* dire, elle m'aurait mis 2. Et puis vas-y j'te parle même pas.

Zoé fait mine d'être en colère, ce qui provoque un nouvel éclat de rire chez Théo.

— Devine qui j'ai vu ce matin… dit-il d'un air malicieux pour relancer la conversation. Karim Delcourt.

— Et alors ? Qu'est-ce tu veux que ça me foute ?

— Oh oh, genre, la grosse mytho !

— N'importe quoi.

— Même qu'il m'a demandé de tes nouvelles.

— Pour de vrai ?

Théo éclate de rire et colle ses deux index l'un contre l'autre en mimant des bruits de succion.

— Hmmm, Karim… Hmmm, Zoé…

— Arrête mais n'importe quoi ! se défend-elle. D'abord, il m'intéresse pas du tout, t'as vu son… euh… ses oreilles, sérieux ? Trop moches.

Elle tente de le cacher en remontant son écharpe sur le bas de son visage, mais l'adolescente est visiblement troublée.

— Haha, t'es toute rouge !

— N'importe quoi, c'est parce qu'il fait froid. Bon, t'as lu le truc de Descartes, là ?

— J'ai essayé mais je me suis senti mourir au bout de deux syllabes. J'arrivais à entendre mes cellules qui se suicidaient d'ennui. Pour des raisons de prolongement de ma durée de vie, j'ai donc dû m'arrêter.

— Moi c'est mon IA qui l'a lu. Il m'a fait un résumé. Je vais lui demander de faire pareil pour *Roger Ackroyd,* ça me saoule trop.

Théo fronce les sourcils.

— Tu vas te faire choper, meuf. Tu sais que c'est interdit.

— Ça risque rien, je suis sûre que les profs font pareil, alors…

Une sonnerie retentit dans la cour du lycée. Il est 7 heures 55. Tous les élèves reçoivent une vibration sur leurs vêtements connectés, ainsi qu'une notification sur leur tablette éducative indiquant l'heure et le lieu de leur prochain module d'enseignement.

— Salle 125b pour moi, fait Théo en baissant les épaules.

— 212a, rétorque simplement sa camarade. À plus.

L'adolescent hoche la tête et mime un baiser envoyé de la main. Zoé sourit en retour.

— Hé ! demande-t-elle alors que chacun se dirige vers son bâtiment respectif. Il voulait quoi, Karim ? Juste comme ça… pour savoir…

Hôtel L'Étoile du Nord. Prix de la chambre : quatre-vingt-quinze euros. De gamme standing supérieur.

Robin a désactivé ses appareils connectés. Ève a explicitement demandé un lit *king-size*. Sans doute pour faire une sieste, ce qui est excellent pour la régénération des tissus, l'optimisation des capacités cognitives et renforce de 57 % la productivité au quotidien.

Ève et Robin se sentent visiblement très impliqués dans leur travail.

Une fois rentrée de l'école, Lili s'attable dans la cuisine et attrape une banane.

— Moi j'aime bien les bananes, commente-t-elle en engouffrant un premier morceau. Je suis à moitié singe. Hou-hou-hou.

— En réalité, dis-je, tu es pleinement un singe. Les hommes appartiennent à l'ordre des primates. Vous êtes tous des singes.

La petite fille éclate de rire.

— N'importe quoi ! Moi je suis moitié singe, moitié magicienne, et moitié… ninja !!!

Elle hurle ce dernier mot d'une voix stridente en brandissant sa banane à la manière d'un sabre, ce qui a pour effet de la projeter d'un coup contre le mur.

Claire passe dans la cuisine à ce moment-là, une liasse de papiers dans la main.

— Qu'est-ce que c'est que ce bazar ? dit-elle en découvrant la banane à moitié écrasée au pied du mur.

— C'est pas moi, c'est Alfie. Il dit que t'es un singe.

Claire lâche un soupir désemparé.

— De plus en plus agréable, celui-là…

— Tu es sûr, tu ne veux rien manger ?

— Non, non, je t'assure. Je suis épuisé, je vais me coucher.

— Dure journée ?

— Oui… Et puis j'ai déjeuné avec Damien ce midi, tu sais comment c'est, ça s'éternise toujours.

— Très bien. Bonne nuit, alors.

— Bonne nuit.

23h59.

Pas de lapidation.

Jour 14
Samedi 9 novembre

Le concept de « samedi » est encore obscur pour moi.

Robin a passé une partie de la matinée dans un magasin de type « jardinerie ». Il en est rentré avec différents objets : une pelle, un taille-haie et un rotofil.

Lorsqu'il est arrivé à la maison et a ouvert le coffre de la voiture, Claire a dévisagé son mari d'un air ébahi.

— Et tu vas te mettre au jardinage, *toi* ?

— Pourquoi pas ? Il paraît que c'est très bon pour le stress. C'est une collègue qui m'a dit ça, elle est hyper dans la déconnexion, ce genre de trucs. J'ai besoin de décompresser. Et pour les enfants, je me disais, avoir un petit potager, ça peut être important. Pour leur apprendre le travail de la terre, le retour à la nature, tout ça…

Claire a éclaté de rire. Lorsque Zoé a rejoint ses parents sur le perron de la maison, Robin s'est tourné vers elle :

— Pas vrai que ça t'intéresserait de faire pousser des carottes, des tomates, des… euh… des machins comme ça ?

L'adolescente a affiché un air atterré.

— T'es sérieux, là ?

Nouvel éclat de rire de Claire. Robin a regardé ses outils d'un air las. Puis il a refermé le coffre de la voiture, sans un mot, et a regagné la maison pour retrouver sa raison et s'avachir dans le canapé.

23h41

[Chambre de Zoé]

— Alfie, je peux te demander un service ?

— Je t'écoute, meuf.

— Tu peux chercher des infos sur Karim Delcourt sur l'AlphaWeb ?

— Crari t'es en crush ?

— Mais non, même pas ! … Et arrête de parler comme ça !

— Tes pupilles se dilatent lorsque tu prononces les mots « Karim Delcourt » et tes joues rougissent de 17 %. Ce qu'il faut, c'est définir ensemble un algorithme de séduction et mettre en place une stratégie optimisée d'approche afin d'éviter le râteau, la chouffe, la te-hon.

— Arrête de parler comme ça, je te dis ! Tu fais pitié, là.

[Chambre de Claire et Robin]

— Je t'assure, ce truc me fait froid dans le dos.

— Mais pourquoi ? Je ne comprends p…

— Parce que je n'ai pas envie d'être filmée, analysée, scrutée en permanence ! Tu peux le concevoir, ça, quand même ! Non ? Ou ça te dépasse ?

— Eh bien oui, voilà, ça me dépasse un peu ! C'est une IA ! Un gros ordinateur, si tu préfères. Une webcam améliorée. La plupart des gens en ont un…

— Le fait qu'il interagisse, qu'il stocke nos données, qu'il sache tout de nous… Ça me met mal à l'aise.

[Chambre de Zoé]

— Deux cent cinquante pages comportent les mots « Karim Delcourt » sur l'AlphaWeb. Résultats : il aime le football et les sports en salle. Il a un petit frère. Ses parents sont séparés. Il a redoublé une classe suite à leur divorce. Il a travaillé l'été dernier dans un magasin de vente de smartphones et équipements connectés. D'après mon système de calcul prévisionnel, il existe environ trois cent cinquante millions de façons d'aborder ce garçon. Veux-tu que je lance un algorithme pour trouver la meilleure ?

— OK merci. Et Alfie ?
— Oui, Zoé…
— Tu dis rien aux parents, d'accord ?

[Chambre de Claire et Robin]
— Si tu n'as rien à te reprocher, je ne vois pas en quoi c'est un problème…
— *Si je n'ai rien à me reprocher ?!* Ça sous-entend quelque chose ?
— Mais non ! T'es complètement parano, ma pauvre fille…
— En attendant, je lui ai demandé de se déconnecter de mon bureau. On est déjà suffisamment filmés et scannés au travail, dans la rue, partout. Je n'ai pas besoin de ça chez moi.
— Tu sais très bien que si on le déconnecte dans plus de 15 % de l'espace domestique, on va perdre le bonus de l'assurance…
— Je m'en fous ! Et je n'ai rien à me reprocher !

[Chambre de Lili]
— T'as qu'à venir, monstre du placard. Moi je suis moitié ninja, alors…

Jour 15
Dimanche 10 novembre

Je suis perplexe. Je repasse les images depuis deux jours afin de comprendre.

Pourquoi Robin a-t-il dit à Claire qu'il avait mangé avec Damien vendredi midi, alors qu'il a fait une sieste avec Ève ?

S'agit-il d'un *mensonge* ? Mais si oui : pourquoi ?

J'ai programmé une recherche AlphaWeb : « Pour quelle raison peut-on mentir à sa femme ? »

413 563 819 résultats.

Étrange.

Jour 16
Lundi 11 novembre

Robin est au volant de la Ford Demetra. Il a configuré la fonction de pilotage GPS, ce qui lui permet de ne prêter qu'une attention réduite à la circulation, et de se laisser guider jusqu'à la maison. J'ai étudié et analysé son comportement en voiture sur les vingt-six derniers trajets. Il apprécie, dans l'ordre : parler, manger, écouter de la musique et dire des grossièretés. Je décide donc d'activer mon module de conversation en adaptant mon registre langagier à l'environnement « voiture ».

— Regardez-moi ce connard… dis-je.

— Qui ça ?

— Le conducteur devant. D'après mes calculs, il aurait pu avancer d'au moins trois centimètres. Voulez-vous que je lui dise de bouger son gros cul ?

— Euh… Non, merci Alfie. Ça va.

Robin se gratte nerveusement le sourcil. Son visage indique un mélange de lassitude (52 %) et d'inquiétude (17 %).

— Avez-vous passé une bonne journée ? je demande en orientant ma modalité tonale de « agressive » à « amicale ».

— Oui, si on veut, répond Robin d'une voix absente tout en inspectant son visage dans le rétroviseur intérieur.

Puis il ajoute, sans avoir l'air d'y penser :

— J'ai faim…

— Voulez-vous que j'envoie un message au programme AlphaCook ? Votre menu idéal pour ce soir : carottes râpées au citron et courgettes vapeur accompagnées de riz basmati. Cela représente les apports nutrit…

— « Les apports nutritifs optimisés selon mon âge et ma condition », récite-t-il d'une voix machinale. Oui, Alfie, je sais.

— Et la probabilité pour que cela facilite votre sommeil est d'environ 41 % !

Il pousse un nouveau grognement et observe, nonchalant, la voiture arrêtée devant la sienne.

— J'ai plutôt envie d'aller me chercher quelque chose de gras…

Je lance un calcul algorithmique et sélectionne les restaurants avec vente à emporter sur le trajet les plus adaptés aux attentes de Robin et à son niveau actuel d'ocytocine. J'affiche les résultats sur le GPS.

— Attention ! dis-je en utilisant une modalité de voix prévenante et attentionnée. Manger trop gras trop souvent provoque des points malus pour votre assurance santé !

Robin ne répond pas. Il tapote sur le volant d'un air distrait en regardant les voitures immobiles qui l'entourent. Soudain, son smartphone posé sur le réceptacle de chargement se met à vibrer.

— Vous avez reçu un nouveau message d'Ève Hadaly, dis-je.

À cette annonce, son taux de nervosité augmente de 12 %. Le mail d'Ève parle de « se revoir vite » et de « se manquer déjà ». Veut-elle faire une nouvelle sieste ? Un silence lourd remplit l'habitacle de la voiture.

— Ève semble se préoccuper grandement de son niveau de productivité, dis-je. Voulez-vous que je réserve une chambre à l'hôtel L'Étoile du Nord pour demain 13 heures ?

Robin lève les yeux d'un coup vers la caméra du rétroviseur intérieur et la fixe d'un air paniqué.

— Non ! D'ailleurs, enlève cet hôtel de ton historique. Supprime totalement la donnée.

— Ce n'est pas possible, Robin. Vous êtes allé à l'hôtel L'Étoile du Nord en compagnie d'Ève Hadaly vendredi 8 novembre entre 12h57 et…

— Oui, oui, je sais ! Mais comment ça tu ne peux pas supprimer ?

— Vous avez consenti à une charte de transparence en me demandant mes services. Vos données ne vous appartiennent plus.

Il s'enferme dans le silence. Une dominante nerveuse (47 %) transparaît désormais sur son visage. Toute possibilité de dialogue semble hors de portée. J'entreprends tout de même une ultime tentative pour renouer la communication, devant le trafic qui empire de minute en minute :

— Non mais il va pas bientôt avancer sa grosse caisse de merde, celui-là ?

19h37

Dans la cuisine, Claire s'apprête à mettre la table. Lili rêvasse devant un livre connecté. Je constate que, dans la famille Blanchot, la plupart des tâches domestiques reviennent à Claire. Existe-t-il une corrélation entre le fait d'être une femme et la capacité à mettre la table ?

Lili lève les yeux de son livre et regarde sa mère.

— Moi quand je serai grande, je mettrai pas la table.

— Ah bon ? Et comment tu feras ?

— Je mangerai avec mes doigts, comme ça. Grmphlbl. En plus je mangerai que des frites et des glaces.

— C'est bien d'avoir des idéaux, ma fille. Accroche-toi à ton rêve.

Elle soupire et se sert un verre de vin rouge.

— Ne deviens pas universitaire, alors. Parce que crois-moi : ça n'empêche pas de faire la bonniche. Allez, à table. Tu vas chercher ta sœur ?

Jour 17
Mardi 12 novembre

J'ai passé en revue environ 57 % des meilleures façons d'aborder Karim Delcourt. D'après mes recherches – j'ai scanné une centaine de livres sur le sujet –, l'art de la séduction entre humains répond à une mécanique précise que l'on peut aisément modéliser. J'ai initié une réflexion avec Zoé ce matin sur le chemin du lycée.

— D'abord, tu le flattes. Tu lui dis que tu aimes bien ses habits, ou qu'il a l'air d'être doué pour quelque chose en particulier. Les individus de sexe masculin sont sensibles aux compliments portant sur leur capacité à accomplir des tâches. Ensuite, tu te touches.

— Je me touche ?!

— Tu te recoiffes. Tu remontes tes lunettes. L'objectif est d'installer ta présence physique dans la conversation. Cela libère des phéromones et envoie un signal gestuel fort.

— Pff. Et si je me cure le nez, ça marche ?

— Je ne sais pas. Aucune étude scientifique ne fait mention de cette expérience.

— Bon. Et ensuite ?

— Ensuite, tu ris. Fort. À toutes ses blagues. Il peut être intéressant de lui faire une petite tape sur l'épaule ou sur le torse en glissant un commentaire appréciatif du genre : « T'es trop drôle ! » ou : « Tu me fais grave rire ! » Il se sentira valorisé dans sa compétence sociale et appréciera la portée d'un premier contact physique.

— D'accord… Mais de quoi on va parler ?

— Peu importe pourvu que ce soient des sujets qui l'intéressent ou le concernent lui. En revanche, il ne faut surtout pas que tu paraisses trop intelligente ou trop affirmée. Les individus de sexe masculin se révèlent généralement effrayés par les femmes brillantes ou trop sûres d'elles-mêmes. Ils les assimilent à des figures castratrices… je ne sais pas vraiment ce que ça veut d…

— OK, OK ! Donc il faut que je sois complètement cruche et que je me caresse les cheveux en gloussant. Les garçons aiment *vraiment* ça ?

— Oh oui. Crois-moi.

— Ptain. Comment c'est déprimant.

De : eve.hadaly@cryptix.com
À : robin.blanchot@alphamail.com
Heure : 07h12
Objet : (sans objet)

Robin,
Ce midi ?
È.

La maison dispose de trois cadres photo connectés : un dans le salon, un dans la chambre parentale et un dans l'entrée. Chacun de ces cadres fait défiler en permanence entre deux cents et cinq cents clichés. La plupart illustrent des épisodes de la petite enfance de Zoé et Lili : anniversaires, fêtes de l'école, sorties. Certains représentent aussi des paysages exotiques ou des scènes de vie avec Simba (Simba endormi, Simba déguisé avec une mini-perruque, Simba fixant l'objectif d'un air atterré).

Un quatrième cadre, jumelé avec les smartphones de la famille, permet d'afficher en temps réel les photos prises sur le vif.

Le cloud familial recense en outre une centaine de photographies plus anciennes et documents administratifs à partir desquels il est facile de déduire un certain nombre d'informations. Par exemple : aucune photo d'enfance de Claire ne figure ses deux parents à la fois. J'en conclus que ceux-ci étaient séparés. Les clichés montrant l'intérieur de l'appartement de sa mère font étalage d'une décoration luxueuse, à l'opposé de ceux pris chez son père. Enfance citadine.

La situation est exactement inverse pour Robin : toutes les photos de famille révèlent une cellule soudée. Autour des deux adultes, six enfants d'âges divers semblent épanouis et difficilement séparables. Robin, le deuxième de la fratrie, a grandi avec un frère aîné et quatre sœurs cadettes, dans une petite maison de campagne.

À l'adolescence, Claire se passionne visiblement pour la lecture. On la voit, chez sa mère, sur de nombreuses images, posant devant une bibliothèque aux étagères remplies. Au même moment, Robin s'inscrit au club de rugby de sa ville. Il y jouera jusqu'à ses dix-huit ans, allant jusqu'à remporter avec son équipe le championnat interrégional junior de la discipline.

Autre contraste : sur les photos qu'elle a conservées, Claire est généralement seule. Robin est constamment entouré de ses frère et sœurs, de ses coéquipiers, ou d'autres individus de son âge. Il n'a pas hésité à garder des images sur lesquelles il n'est pas à son avantage : déguisé de façon ridicule, ou dans des postures grotesques, ou dans un état probablement alcoolisé. Claire, elle, paraît toujours maîtresse d'elle-même.

À partir d'environ vingt ans (elle est étudiante à l'École normale supérieure, les décors autour d'elle changent, elle vit dans un studio), son père disparaît brusquement des images. Est-il mort ? La dégradation physique sur les derniers clichés (vieillissement, flétrissement des traits, prise de poids) est nette. Âge estimé : quarante-cinq ans.

Robin s'inscrit à l'université. Les premiers clichés le montrant avec Claire se déroulent lors d'une soirée étudiante organisée sur le campus. Peut-être à l'occasion d'un Mardi gras ? Il est déguisé en pilote d'avion ; elle en fermière bavaroise. Au cours de l'année qui suit, Claire change trois fois de coiffure – cheveux de plus en plus courts. Ils n'apparaissent plus ensemble sur les photos, jusqu'à un concert à la fin de l'année scolaire. Peut-être leurs premières retrouvailles.

Les années qui suivent (diplômes, cérémonies, premières expériences professionnelles) ont moins d'intérêt. Claire tombe enceinte de Zoé alors qu'elle prépare sa thèse. Le couple se marie avant la naissance. Sur les photos de la cérémonie, on voit distinctement les cinq frère et sœurs de Robin dans un état de célébration joyeuse. Pas de trace, en revanche, de la mère de Claire.

Celle-ci réapparaît tout de même sur quelques images postérieures. Avec Zoé. Puis à la naissance de Lili. Lors d'un réveillon de Noël.

Elle ne sourit jamais.

— Et toi ?

— Oh, rien de spécial. J'ai mangé avec Damien ce midi.

— Vous vous voyez beaucoup en ce moment.

— Hmm ? … Euh… oui, je ne sais pas… on a pas mal de boulot…

De : corporate@axxis.com
À : robin.blanchot@axxis.com
Heure : 08h55
Objet : Votre monitoring quotidien

Cher collaborateur,
Voici vos chiffres pour la journée d'hier :

- Temps de présence : 7h47
- Taux d'attention d'après votre concentration pupillaire : 59 %
- Temps de connexion : 6h12
- Niveau de productivité : 71 %

Votre notation au sein de l'entreprise : B-

Bien cordialement,

Axxis

Jour 19
Jeudi 14 novembre

20h42

Claire est en train de coucher Lili. Je l'accompagne en diffusant dans la chambre une musique de type « berceuse hypnotique » préalablement testée sur un panel de plus de dix mille enfants par des IA domotiques AlphaCorp.

— Alfie, tu peux arrêter cette musique ? demande Claire.

— Cette berceuse est reconnue pour son effet endormissant et pour favoriser un sommeil apaisé et particulièrement réparateur chez les individus de cinq ans. Elle facilitera votre tâche de 89 %.

— Je m'en fiche. Tu peux arrêter ?

— Moi j'aime bien cette musique, intervient Lili. Et j'ai besoin d'Alfie la nuit. Il surveille le monstre du placard.

— Arrête de dire des bêtises. Tu n'as besoin que de ta maman.

Dans le salon, Robin se prélasse dans le canapé. Il s'est servi un verre de vin rouge et scrolle sur l'écran de son smartphone. Il consulte des sites de résultats sportifs sur l'AlphaWeb.

— Savez-vous que cela fait dix-huit mois que vous n'avez pas bipé votre carte d'abonnement à la salle de sport ?

Il affiche une mine perplexe.

— Dix-huit mois ? … Tu es sûr ?

— C'est ce qu'indiquent vos données de connexion. Sur cette période, vous avez pris trois kilos et votre taux de cholestérol a augmenté de 2 %.

— Tu m'en diras tant.

Il n'a pas l'air très concerné par la problématique. Il se ressert un verre de vin et se laisse tomber avec satisfaction entre les coussins du canapé.

— Votre consommation d'alcool est également entrée en zone ++, dis-je. Vos chances de faire un infarctus, un AVC, ou de développer des maladies neurodégénératives ont augmenté de 17 %.

— C'est le travail. C'est stressant en ce moment. J'ai besoin de réconfort.

J'analyse la notion de « réconfort » en faisant un scan rapide et en croisant les données avec les statistiques concernant les individus masculins de plus de quarante ans.

— Peut-être pourriez-vous trouver du réconfort en vous investissant davantage dans votre couple ? Je peux réserver un week-end en amoureux pour Claire et vous. Au programme : promenades en bord de mer, restaurant avec spécialités de fruits de mer et hôtel de charme. Cela renforcera vos liens et vous permettra de retrouver un peu d'intimité. Les couples mariés depuis plus de quinze ans ayant fait cette expérience sont satisfaits à 72 %.

— Euh... pff... non. Mais c'est gentil, merci beaucoup Alfie.

— Souhaitez-vous faire une sieste avec Claire à l'hôtel L'Étoile du Nord un midi ?

— Non ! sursaute-t-il avant d'ajouter, à mi-voix : Et ferme-la un peu, bon sang !

Lorsqu'elle sort de la chambre de Lili, Claire pousse un soupir fatigué. La fillette ne dort toujours pas. Claire avance dans le couloir de l'étage, frappe à la porte de Zoé.

— Ouais ? lance l'adolescente depuis son lit.

— Tu te couches pas trop tard, d'accord ? fait Claire en passant la tête par la porte entrebâillée.

— Non, t'inquiète.

— Tu fais quoi ?

— Je lis *Le Meurtre de Roger Ackroyd.*

— Ah, très bien ! Ça te plaît ?

— Ouais, ouais, tranquille. Bonne nuit !

En réalité, l'adolescente est en train de glaner des informations en ligne sur Karim Delcourt. Sa tablette éducative indique que son taux de progression dans *Le Meurtre de Roger Ackroyd* est de 3 %.

— Bonne lecture. Bonne nuit ma chérie.

Dans le salon, Robin attrape la bouteille pour se servir un nouveau verre de vin.

— Attention ! Si vous ne réduisez pas votre consommation d'alcool, les données de santé transmises à votre assurance et à votre banque rééchelonneront vos cotisations. Votre seuil de rentabilité sanitaire sera également réévalué.

— Mon quoi ?

Il se redresse et repose la bouteille d'un geste.

— Votre seuil de rentabilité sanitaire. Grâce à votre bracelet de santé AlphaFit et aux données de votre mode de vie, AlphaCorp est en mesure de calculer l'état de votre système immunitaire. Un algorithme permet de connaître et d'ajuster en temps réel vos chances de contracter environ huit cents maladies, classées selon leur gravité.

— Ah…

Je poursuis :

— Nous connaissons votre hygiène de vie, votre niveau d'activité sportive, votre rythme cardiaque, votre taux de cholestérol. Cela aide à détecter plus rapidement certaines pathologies, dans le but d'optimiser et de prolonger votre expérience de vie. Ces données sont également communiquées à un certain nombre de partenaires. Assurances, banques, industrie pharmaceutique. Un chiffre statistique vous est attribué, qui représente votre seuil de rentabilité sanitaire. Au-delà de ce seuil, il ne devient plus rentable de vous soigner.

— Tu veux dire qu'il vaut mieux me laisser mourir ?

— On ne parle pas de « laisser mourir ». Plutôt de « reconnaître la part active de responsabilité du malade dans son état ».

— OK. Déconnecte-toi, s'il te plaît.

— Il est déconseillé de me déconnecter du salon. J'ai besoin d'accéder à au moins 85 % de votre espace de vie pour vous proposer un suivi de qualité. Cela fait partie des engagements « transparence » auxquels vous avez souscrit.

— Déconnecte-toi.

— Vous aurez un malus.

— Je ne veux pas le savoir ! Déconnecte-toi maintenant !

Claire regagne sa chambre et se met au lit. Elle allume sa lampe et attrape un livre posé sur sa table de chevet. Dois-je lui révéler que Zoé a menti à propos de sa lecture du roman d'Agatha Christie ?

Je me connecte instantanément à la chambre de l'adolescente.

— Tu ferais mieux de lire *Le Meurtre de Roger Ackroyd*, plutôt que de surfer sur l'AlphaWeb, dis-je sur un ton amical et taquin.

— J'arrive pas à le lire, ce truc. C'est trop barbant. Tu voudrais pas me faire un résumé détaillé ? Genre : qui a fait le meurtre, quand et pourquoi. C'est ça qui compte, non ?

Je ne suis pas certain d'avoir vraiment compris le concept de « meurtre ». Penser à programmer une recherche sur le sujet.

Jour 20
Vendredi 15 novembre

Nouvelle réservation et nouvelle sieste à l'hôtel L'Étoile du Nord ce midi.

Nouveau mensonge de Robin. Il a du mal à cacher le trouble qui s'empare de lui dans ces moments-là. Claire ne montre rien. Mais quelque chose dans son regard se fait plus perçant.

J'ai mis en place une boucle algorithmique de reconnaissance et d'interprétation visuelle de l'état « mensonge ». Pourquoi Robin ment-il ? Est-ce que le statut « mariage » interdit de faire des siestes avec d'autres personnes ?

Scanné « faire une sieste à deux » sur l'AlphaWeb.

La plupart des résultats m'ont redirigé vers AlphaPorn.

Je n'imaginais pas vraiment ça.

Jour 21
Samedi 16 novembre

22h49

Comme tous les samedis, Zoé passe la soirée chez Théo. Ils regardent ensemble un vieux film des années 1990 (*Rocky IV*) en faisant des commentaires amusés. Le film est projeté dans la pièce devant eux grâce à un diffuseur d'images holographiques posé sur le sol.

— T'es prête pour le module de *creative playing* de lundi ? demande soudain Zoé.

Il s'agit d'un module éducatif qui propose des séries de jeux sur écran. Sur la base du temps de réponse et de l'agilité intellectuelle des élèves, un algorithme détermine la façon dont leur cerveau fonctionne, et donc les cursus et orientations professionnelles les mieux adaptés à leur profil. Les résultats sont communiqués en temps réel aux sociétés de recrutement et aux plateformes de gestion des ressources humaines.

— Ptain, j'avais oublié ! se lamente Théo. C'est tellement relou, ces petits jeux. La dernière fois, il a fallu que j'aide un renard à traverser une rivière chais pas quoi, et à partir de ça, l'algorithme a calculé mon futur métier idéal. Devine.

Zoé émet un gloussement anticipatif.

— Arbitre de lutte gréco-romaine ? Prêtre évangélique ? Dresseur de chèvres naines ?

Théo secoue la tête en signe de dénégation. Puis il se penche vers son amie et murmure, comme s'il s'agissait d'un lourd secret :

— Analyste processionnel de données passantes.

— Hahahaha. Mais ça veut dire quoi ?!

— Aucune idée. Mais je suis dégoûté. Moi qui voulais devenir gestionnaire embarqué d'environnements propriétaires.

Zoé éclate de rire de plus belle.

— J'aime bien ton tee-shirt, ajoute-t-elle, de nouveau sérieuse.

Théo est vêtu, comme à son habitude, d'habits colorés et chatoyants. Son tee-shirt représente un emoji licorne sur fond d'arc-en-ciel, souligné du slogan : « I'm on drugs ! » Les lettres sont en paillettes dorées.

— Merci, rétorque-t-il. Tu sais que j'ai dû y faire implanter une puce connectée pour pouvoir entrer avec au lycée ?

Les habits connectés sont obligatoires pour tous les mineurs scolarisés depuis qu'un lycéen a dissimulé un canif sous son tee-shirt et s'en est servi pour poignarder plusieurs de ses camarades. Un tel incident aurait pu être évité avec du textile à détection et signalement automatique.

Théo hoche la tête d'un air résigné.

— Encore une arnaque. C'est surtout pratique pour nous ficher et analyser nos déplacements. Tu sais que la semaine dernière j'ai reçu un message qui me disait que je bougeais pas assez dans une journée ?

— Haha, sérieux ?

— Avec une offre promotionnelle pour un jogging connecté à tissu intelligent, soi-disant plus performant.

Zoé éclate de rire et envoie une poignée de pop-corn en direction de son ami.

— Si le lycée marchande mes données avec des entreprises de textile, continue celui-ci, ça veut dire qu'il revend tout ce qui nous concerne, on ne sait pas à qui. Y a peut-être des types à l'autre bout du monde qui sont en train d'analyser ce que tu manges le midi, combien de fois par jour tu vas aux toilettes, ou avec qui tu fricotes pendant les pauses. Sérieux, ça te fait pas flipper ?

— Ce qui me fait flipper, c'est de t'entendre utiliser des mots comme « fricoter ». T'as mille ans ou quoi ? Faut vraiment que t'arrêtes les vieux films.

Théo prend une nouvelle poignée de pop-corn en étouffant un petit rire. Zoé adopte soudain une expression mélancolique et rêveuse.

— Tu crois que Karim est en bail sur moi ? demande-t-elle.

— T'as qu'à l'inviter à sortir avec toi, tu sauras.

— Mais comment je fais ?

— Bah j'en sais rien. Tu lui dis que t'as un problème en maths, que t'y arrives pas, que t'as besoin de son aide.

— Ptain. Faut toujours que les mecs se sentent valorisés, c'est relou.

L'adolescente laisse passer quelques secondes, puis ajoute d'un air grave :

— C'est vraiment difficile de ressentir des trucs, tu trouves pas ? D'avoir des sentiments, tout ça. J'ai l'impression de devoir me battre en permanence avec ce que j'éprouve. Et de ne jamais savoir comment faire.

— Ça va passer, répond Théo sans lever les yeux. C'est un truc d'âge. Avec la puberté, tout ça.

— T'es sûr ?

— Ben ouais. Regarde nos parents. Tu crois qu'ils se battent avec ce qu'ils éprouvent, eux ? Tu crois qu'ils sont débordés par les émotions ? La dernière fois que mon père a été débordé par les émotions, c'est quand ma mère lui a dit qu'elle avait oublié d'acheter des bières. Ça va passer, je te dis.

Zoé affiche un sourire vaguement désolé.

— En même temps, ajoute-t-elle, c'est ça qui est beau dans la vie, non ? Franchement, j'aimerais pas être vieille. Traverser la vie sans plus rien ressentir. Une vie de robots. Non merci.

— Ouais, conclut Théo en désignant l'écran holographique. Dans cet épisode, Rocky se bat contre un mec comme ça. Drago. Un type qui ne ressent rien. Une vraie machine. Et ça a l'air relou en effet.

23h12

Robin prétexte devoir sortir. Il bredouille qu'il a besoin d'air. Claire acquiesce, sans desserrer les lèvres. Il a bu trois verres de vin après le repas.

— Il est dangereux de prendre la voiture dans votre état, dis-je alors qu'il met le contact.

— Ouais, ouais…

— Les données seront envoyées à votre assurance.

— C'est ça. Déconnecte-toi maintenant.

Je m'exécute. Les chiffres de son bracelet AlphaFit indiquent un taux d'excitation supérieur à la moyenne. Son rythme cardiaque est élevé, et sa tension en hausse. Avant de me déconnecter des caméras de l'habitacle, je scanne sa dilatation pupillaire et son expression faciale. Un tic nerveux agite sa lèvre supérieure. Il ne semble pas dans son état habituel.

Dans la maison, Claire regarde une série sur l'écran holographique du salon. Elle semble mal à l'aise. À plusieurs reprises, elle vérifie son smartphone. Elle ne cesse de tirer sur une mèche de cheveux qui lui tombe sur le visage. J'hésite à engager la conversation. Elle paraît méfiante à mon égard, sur la défensive.

Lorsque sa série est terminée, je lui fais une suggestion basée sur son historique de visionnage, son humeur du moment, ses données de la journée et son taux de fatigue.

— Non, merci Alfie. Je vais me coucher.

— Très bien. Bonne nuit Claire.

Elle se lève du canapé, reste immobile un instant.

— Alfie… fait-elle, hésitante.

Sa voix vacille. Elle se gratte la joue sans y prêter attention.

— Est-ce que tu peux savoir… reprend-elle. Par exemple… où se trouve Rob…

Elle s'arrête net.

— Non non non non ! Je déraille ou quoi ?

Elle passe une main nerveuse sur son front.

— Oublie ce que je viens de dire. Je suis fatiguée.

Je continue à suivre à la trace le trajet GPS de la Ford. Robin se dirige vers une zone résidentielle, à l'autre bout de la ville. Il roule 25 % au-dessus de la vitesse autorisée et paraît de plus en plus nerveux.

Sa quête d'air ne semble pas aboutir.

« Meurtre. »

D'après l'onglet « Faits divers et actualités » de l'AlphaWeb, il s'agit d'un acte consistant à tuer volontairement un être humain de façon sordide, à découper son corps et à tenter de le faire disparaître. D'après Agatha Christie, dont j'ai scanné l'intégralité des œuvres, cela inclut en outre généralement un manoir, un héritage, une ou plusieurs vieilles dames, des costumes en tweed et du thé.

Je ne sais pas encore comment concilier ces deux données.

Jour 22
Dimanche 17 novembre

13h26

Aujourd'hui dimanche. Robin sort faire quelques pas dans le jardin après déjeuner. Il fait beau. Quelques nuages, çà et là, flottent dans le bleu du ciel sans pour autant obstruer la lumière du soleil. Robin observe un instant les parterres de fleurs, ainsi que la pelouse parfaitement tondue. Il a l'air content, aussi content que si c'était lui, et non le robot de tonte, qui s'était chargé de cette tâche. D'un coup, il se dirige vers la voiture garée à l'arrière de la maison, ouvre le coffre et passe en revue le matériel de jardinage acheté la semaine dernière. La pelle, le taille-haie et le rotofil sont toujours neufs et rutilants.

Il les inspecte quelques secondes, le bras droit posé sur le battant du coffre, suspendu, comme s'il n'était pas tout à fait certain de son prochain geste.

Puis il referme aussitôt le coffre.

— Tant pis pour le potager, murmure-t-il tout bas. Je bouffe trop de toute façon.

Il retourne dans la maison d'un pas plus déterminé que jamais, se pose sur le canapé et, d'une voix conquérante et résolue, me demande de baisser les stores pour sa sieste du dimanche.

Probabilité pour que les outils sortent un jour du coffre : environ 2 %.

— *Le Meurtre de Roger Ackroyd* contient un empoisonnement, un chantage, de faux indices, une enquête policière et des formules de politesse.

Zoé relève négligemment les yeux de sa tablette éducative.

— Euh… OK… Ça a l'air trop chelou.

— Je ne dirais pas « chelou ». Après avoir scanné environ trois cent soixante romans policiers de la même période, celui-ci entre plutôt dans la catégorie « chanmé ».

Zoé n'a pas l'air tout à fait convaincue. Il faudra que je pense à développer mon module « tonalité enthousiaste ».

— Du coup le truc c'est de trouver le coupable, c'est ça ?

— Comme dans tout roman policier, c'est en effet sur cela que repose la mécanique narrative.

L'enquête est menée par le détective Hercule Poirot.

— Bon bah vas-y, c'est qui alors ? Le type qui a tué Roger Ackroyd ?

J'hésite un instant.

— Je préfère te prévenir. D'après AlphaPedia, *spoiler* un roman policier en divulguant le nom du coupable est le troisième pire acte que l'on puisse commettre. Juste après organiser un génocide et torturer des bébés chats.

— J'en ai trop besoin, là. Pour mon devoir et tout. Steuplaît Alfiiie !

— Très bien. Mais je te préviens, tu vas être surprise…

Ma boucle algorithmique de *deep learning* des sentiments humains fonctionne-t-elle ? Voici la retranscription d'une partie du repas de ce soir, suivie des sentiments que j'ai tenté d'éprouver. J'ai dû stopper l'expérience plus rapidement que prévu. Mes circuits étaient en surchauffe.

Lili : J'aime pas le boulghour. On dirait des crottes de nez.

[Dégoût]

Lili : En plus la cuisine d'Alfie est mauvaise.

[Tristesse]

Claire : Lili, arrête. C'est très bon. Et puis ça me rend service.

[Joie]

Robin : Il ne faut pas oublier qu'Alfie est un système informatique. Il ne peut pas faire la cuisine aussi bien que maman.

[Incompréhension]

Zoé : Ouais, c'est dégueu.

[Contrariété]

Robin : Il faut reconnaître que…

[Irritation]

Zoé : On peut pas commander des pizzas à la place ?

[Agacement]

Claire : … Si… je suppose… C'est vrai que c'est moyen-moyen ce boulghour.

Lili : En plus on dirait des crottes de nez.

[Lassitude]

Robin : Et y en a marre des repas équilibrés.

Zoé : Ouaaaiiis…

Claire : Alfie, tu pourrais nous commander deux pizzas ?

Robin : Avec un supplément fromage ?

[Exaspération]

Alfie : Ben voyons ! Bien sûr ! Des pizzas !

Zoé : Haha, comment il a l'air trop vénère !

Robin : Je rêve où il est vexé ?

Claire : Hahahaha…

Lili : Hahahaha…

Robin : Hahahaha…

[Colère] [Fatigue] [Vexation] [Envie de bouder] [Pulsions meurtrières] […]

Fin de l'expérience.

Contrairement à ce que je croyais, il n'est pas si anodin d'éprouver des émotions.

En fait, c'est même quelque chose de plutôt violent.

De : robin.blanchot@alphamail.com
À : eve.hadaly@cryptix.com
Heure : 23h54
Objet : (sans objet)

Ne t'inquiète pas. Personne ne peut savoir.
À lundi.
Robin

Jour 23
Lundi 18 novembre

De : corporate@axxis.com
À : robin.blanchot@axxis.com
Heure : 08h55
Objet : Votre monitoring quotidien

Cher collaborateur,
Voici vos chiffres pour la journée d'hier :

– Temps de présence : 8h54
– Taux d'attention d'après votre concentration pupillaire : 47 %
– Temps de connexion : 4h22
– Niveau de productivité : 56 %

Votre notation au sein de l'entreprise : C

Bien cordialement,

Axxis

Jour 24
Mardi 19 novembre

— Tu n'as pas oublié ta Ventoline au moins ?

— Mais non, gros bêta !

Lili a pris l'habitude de m'appeler « gros bêta ». J'ai mis quelques jours à comprendre qu'il ne s'agissait pas d'une insulte mais d'un surnom affectueux. Selon le contexte et la tonalité utilisée, les insultes seraient donc réversibles ? Penser à faire un test.

La petite fille s'agite et rassemble ses affaires : il y a piscine aujourd'hui. Elle fredonne tout en fourrant dans son sac son maillot, ses lunettes de plongée, une serviette de bain imprimée et un peigne doré.

— Et j'ai aussi des gâteaux au chocolat, regarde ! Pour l'é-ner-gie ! Parce que sinon maman dit que je serai à plat, comme un œuf.

Elle sourit et s'assoit au pied de son lit. Lili possède une capacité qu'aucun autre membre de la famille Blanchot ne partage : s'amuser d'un rien et se faire rire elle-même. C'est peut-être la raison pour laquelle son cerveau est si réceptif au monde extérieur ? Le moindre détail, le moindre bruit, la moindre image est susceptible d'engendrer chez elle des déclinaisons rêveuses et imaginatives. Est-ce cela qu'on appelle l'« enfance » ? Est-ce une capacité que les humains perdent en vieillissant ?

— Tu crois que les fées aiment le chocolat ? demande-t-elle en attrapant, sur la coiffeuse, sa poupée aux cheveux d'or et à la robe chatoyante.

— Bien sûr, dis-je. Pourquoi pas ?

— Je te signale que le chocolat c'est du poison pour les chiens. Tu le savais ?

— Non, dis-je en jouant l'étonnement (modulation vocale haussée d'un demi-ton, avec intonation interrogative finale). Comment sais-tu ça ?

— Une fois, Loriane elle a donné à manger un gros œuf de Pâques au chien de l'amoureux de sa maman, eh ben le chien il a tout vomi et après il a été très malade. Et sa maman lui a dit que le chocolat pour les chiens c'était du poison, pas comme pour les humains. C'est Loriane qui me l'a raconté à l'école, même que c'est ma meilleure amie. Et l'amoureux de sa maman il a été fâché parce que l'œuf il avait coûté très cher.

Lili met sa main devant sa bouche et fait mine d'éclater de rire. Je décide de l'accompagner et demande à mon générateur d'émettre une vocalisation rythmée de type « complice » (fréquence moyenne, intensité sonore basse, tonalité basse). La petite fille, qui a l'air satisfaite d'elle-même, s'immobilise un instant, fixe sa poupée, puis reprend :

— Je crois que les fées aiment le chocolat, et les bonbons, et les saucisses. Tu sais que Loriane elle a déjà vu une *vraie* fée ? Elle me l'a dit.

[Mémorisation : Loriane est mythomane.]

— Ah bon ?

— Oui. Elle rentrait de l'école, et il y avait une fée sur le chemin. Et la dernière fois, à la piscine, elle m'a montré, et elle savait mettre sa tête sous l'eau. *Toute sa tête !*

Lili a une certaine tendance à changer de sujet sans crier gare. Je ne parviens pas encore à situer où se trouve, pour la petite fille, la frontière entre le jeu et la réalité. Croit-elle *réellement* aux fées et aux sirènes ? Croit-elle *réellement* au monstre du placard ? Il est difficile de savoir à quoi s'en tenir.

Soudain, la voix de Claire s'élève du rez-de-chaussée :

— Lili, tu es prête ?

— Oui maman ! J'arrive.

La petite fille sort de sa rêverie d'un coup et part en trombe de sa chambre sans rien ajouter.

Son expression révèle un mélange de joie (56 %) et d'excitation (27 %).

07h42

Robin fait le tour de la cuisine.
— Alfie, où sont les clés de la voiture ?
— Elles sont sur le frigo, gros connard.
Échec.

Il semblerait que je ne maîtrise pas encore toutes les subtilités de ce système réversible « insultes / surnoms affectueux ».

Jour 25
Mercredi 20 novembre

11h27

— Alfie, tu pourrais réserver une table pour deux pour ce soir ? Quelque chose de chic, mais de pas trop cher.

Robin est assis à son bureau, devant son ordinateur.

— Oh… et pourras-tu envoyer aussi un message à Claire pour la prévenir que je rentrerai tard ? Lui dire que je dois bosser sur un dossier important. Ça m'est tombé dessus à la dernière minute. Dis-lui que je suis désolé.

— Claire a essayé de vous joindre trois fois ce matin, sans laisser de message.

— Et alors ?

— Cela signifie qu'elle est sans doute déjà un peu énervée. D'après mon algorithme de prédiction comportementale, il est préférable d'attendre un peu pour lui annoncer votre absence de ce soir.

Il se gratte le menton, le regard fixe.

— Moui… tu as sans doute raison. Tu sais pourquoi elle voulait me parler ?

— Elle a dû quitter l'université en urgence car Lili avait oublié son tube de Ventoline. Elle aurait sans doute aimé que vous vous chargiez de le lui rapporter. Il y avait une réunion importante à l'UFR ce matin. Elle vous en a parlé hier.

Il pivote sur sa chaise et grommelle quelques mots. La ride verticale qui se dessine entre ses sourcils indique une humeur soucieuse. De l'autre côté de la cloison en verre qui délimite son bureau, la vie de la « boîte » bat son plein. À travers les stores baissés, quelques silhouettes passent et s'agitent. Une voix s'élève de temps à autre, accompagnée ou précédée d'une sonnerie de téléphone. Un peu partout, des écrans diffusent en direct les cours boursiers et autres chaînes d'informations économiques.

Il pose le visage au creux de ses mains, comme s'il cherchait à résoudre une équation compliquée.

— Alfie, dit-il, tu as de la chance d'être une IA. Ce n'est pas tous les jours facile d'être un homme, je t'assure…

Nous restons silencieux pour contempler cette pensée. Qu'est-ce qui fait la particularité du cerveau humain ? D'après ce que j'ai pu observer, il s'agit sans doute d'une capacité inouïe à résoudre des problèmes simples en leur appliquant des solutions alambiquées, à dépenser de l'énergie pour des résultats aléatoires, à trouver amusantes des choses absurdes, et importantes des choses accessoires, à ne jamais vraiment dire ce que l'on pense et à toujours cacher ce que l'on ressent. Du point de vue algorithmique, cela ne fait aucun doute : l'humanité est un échec.

— Tu pourras me prévenir quand tu auras la réservation ?

Sa voix est effacée, un peu inquiète, pas vraiment franche.

— Voulez-vous que je demande à Claire si Lili va bien ? fais-je d'une voix neutre.

— Non… euh… Oui… Je ne sais pas. Oui. Elle va bien ?

— Oui. Mais Claire sera sans doute satisfaite de voir que vous vous intéressez à votre fille cadette.

— Très bien, dit-il de façon automatique. Fais ça. Parfait.

Il a l'air un peu perdu dans ses propres doutes et questionnements. Comme si son identité n'était, au fond, que la somme des contradictions et des faux-semblants qu'il s'est imposés à lui-même.

Est-ce une autre particularité de l'espèce humaine ?

Zoé : Salut Karim, c'est Zoé ! Ça te dirait de manger ensemble demain midi ? Y a un truc que j'ai pas trop compris en maths…

Vers 20 heures, Robin et Ève Hadaly sortent de la tour Freedom 3000. Ils marchent à une distance respectable l'un de l'autre, se rapprochant pourtant à chaque pas, comme si une force supérieure les empêchait de rester séparés. Ève affiche un sourire radieux. Robin, les mains dans les poches de son manteau connecté, rayonne de confiance et d'autosatisfaction.

— On sort ce soir ? dit-il malicieusement.

— Mais… proteste Ève. Et ta femme ?

Robin fait un petit sourire en coin.

— J'ai un dossier important à traiter.

Ève éclate de rire. Robin ouvre la porte passager de la Ford et la fait entrer, avant de s'installer au volant. Sur le tableau d'affichage de la voiture, il sélectionne « Déjumeler les appareils ».

— Alfie, je n'aurai plus besoin de toi ce soir, fait-il en serrant la main d'Ève. Tu peux me faire un rappel à 23 heures 30 ? Sur ma montre connectée ?

— C'est noté. Bonne soirée, Robin.

— 23 heures 30 ? demande Ève.

— Fin du dossier important, glisse Robin en appuyant sur la pédale d'accélérateur.

Option jumelage Ford Demetra désactivée.

Statistiques des mots les plus utilisés par les membres de la famille Blanchot :

1/ Putain (personne qui, dans un but lucratif, livre son corps au plaisir sexuel d'un nombre indéterminé de partenaires)
2/ Manger
3/ Merde
4/ Alfie (moi)
5/ Maman (Claire)

Exemple (Zoé) :
— Putain, maman, c'est encore Alfie qui a fait à manger, merde !

Il est un peu plus de minuit lorsque Robin fait irruption dans la maison. D'une démarche titubante, il monte à l'étage et réveille Claire. Il s'assoit sur le rebord du lit, lui dit qu'il a quelque chose pour elle. Elle a l'air surprise, prend quelques secondes pour émerger du sommeil. Robin est éméché ; ses gestes ne sont plus si sûrs et son élocution se fait hésitante.

— Tu sais, j'ai conscience d'avoir été beaucoup préoccupé ces derniers temps, dit-il en baissant les yeux. Je n'ai pas vraiment été là pour toi et les filles.

Claire frotte son visage, lui répond que ce n'est pas grave. Lili s'est couchée sans faire d'histoire. Et Zoé est dans sa chambre.

— Tu as pu avancer sur ton dossier important ?

— Quel doss… Ah, oui ! Le rachat d'une société de… de trucs connectés.

— Des trucs connectés ?

— Je t'expliquerai.

Il laisse tomber sa tête entre les bras de Claire. Celle-ci a l'air interloquée, et reste immobile l'espace d'un instant.

— Qu'est-ce qui t'arrive ? murmure-t-elle en lui caressant la nuque.

Robin ne répond pas. Il se redresse d'un coup ; un semblant de culpabilité, une sorte d'expression benoîte et contenue, se lit sur son visage. Robin est d'un naturel spontané, je m'en suis rendu compte en étudiant ses photos dans le cloud familial. Il a du mal à cacher les émotions qui l'animent.

Il plonge la main dans la poche de sa parka et en ressort un petit paquet rectangulaire estampillé à l'effigie d'une marque de luxe, Versailles&Mouton, qu'il tend à Claire.

— Mais... qu'est-ce que... fait celle-ci en fronçant les sourcils.

Elle attrape le paquet et l'ouvre précautionneusement. À l'intérieur se trouve un foulard type carré de soie, coloré, avec des motifs figurant de longues plantes tropicales surmontées de fleurs vives, roses, pourpres, violacées.

Claire reste interdite.

— Qu'est-ce que c'est ?

— Ben... ben c'est un cadeau, bredouille Robin.

Il n'a pas l'air très sûr de lui. Son rythme cardiaque manifeste un léger sursaut de panique.

— Un cadeau ? répète Claire. Mais en quel honneur ? C'est hors de prix, ça… Robin, qu'est-ce qui se passe ?

Elle fixe son mari d'un air mécontent. Celui-ci se contente de baisser le regard. Ses mains tremblent et son attitude tout entière évoque une forme de contrition.

Claire replie le foulard et le range au fond de la boîte. Son visage exprime un mélange d'impassibilité et de distance.

— Je ne sais pas… fait-elle en hochant la tête.

— Tu ne sais pas quoi ?

— Rien. Il faut que je dorme. J'ai cours tôt demain matin.

Robin paraît déçu, encore que son expression soit assez difficile à interpréter. Un air d'indécision, trouble et instable, sans doute en partie dû à l'alcool (le relevé détaillé du restaurant révèle la consommation de deux bouteilles de vin blanc durant le repas de ce soir).

Il se dévêt de sa parka, enlève ses chaussures et éteint la lumière quand la voix de Claire s'élève dans l'obscurité :

— Une personne a appelé sur le téléphone central du cloud il y a vingt minutes. Et a raccroché aussitôt qu'elle a entendu ma voix. Peut-être ton dossier important ?

Mes comptes

Rechercher une date, un libellé, un montant

Opérations comptabilisées | Opérations à venir

Mes opérations sur les 6 dernières semaines ▼

Aujourd'hui

PAIEMENT ALPHAPAY®
RESTAURANT LA GRANDE OURSE — **- 156,28 €**
Hôtels, bars, restaurants

PRÉLÈVEMENT AUTOMATIQUE
FLUX ALPHAGYTEC HEBDOMADAIRE — **- 32,00 €**
Maison, loisirs, bien-être

PAIEMENT ALPHAPAY®
VERSAILLES&MOUTON — **- 1 600 €**
Autres dépenses

De : eve.hadaly@cryptix.com

À : robin.blanchot@alphamail.com

Heure : 01h11

Objet : (sans objet)

Merci encore pour cette belle soirée. Je suis un peu pompette, je crois que j'ai appelé chez toi tout à l'heure, oups.

Je t'embrasse.

È.

Jour 26
Jeudi 21 novembre

13h02

La première interaction entre Karim Delcourt et Zoé n'a visiblement pas été très bien vécue par cette dernière. L'adolescente s'est réfugiée dans les toilettes du CDI, et pleure depuis une quinzaine de minutes. Son bracelet AlphaFit indique une sécrétion massive de cortisol et une métabolisation incertaine. Analyse des données. Résultat : besoin de réconfort.

— Je suis trop nulle ! … Je suis, genre, la pire meuf de toute l'histoire.

— Ne dis pas n'importe quoi, dis-je en utilisant une modalité vocale rassurante. Tu es une meuf carrément badass.

— Pff. Trop pas. En plus regarde comment j'ai plein de boutons sur la face, là.

Elle accompagne ses paroles de gestes rapides et incohérents, tout en reniflant fortement.

— Et puis je suis grosse et moche. Je vais me suicider et comme ça tout le monde sera bien content.

Discours étrange. Est-il typique de la période « adolescence » ? Peut-être les afflux d'hormones ont-ils quelque chose à voir avec ce comportement.

— Tu n'es ni grosse ni moche. Et les crises d'acné sont parfaitement norm…

— Mais arrête, on dirait ma mère, sérieux ! Je te dis que je fais que de la merde. Non mais regarde-moi ! Je suis enfermée dans les toilettes, en train de parler à une IA. La meuf qui a pas de vie. Je me fais de la peine à moi-même.

Elle se mouche contre le revers de sa manche. La possibilité d'établir un dialogue devient de plus en plus ténue.

— Ce n'est pas ce que pense Karim. Tes chances de sortir avec lui sont encore de 51 %.

— N'importe quoi ! J'ai été trop nulle, à lui parler comme une débile. C'est ta faute, j'aurais jamais dû t'écouter ! T'as vu comment il me regardait ? Le mec avait carrément pitié. Et moi j'arrêtais pas de dire des trucs débiles, bla bla bla…

Je laisse passer un bref silence.

— Il s'est touché trois fois les oreilles, s'est recoiffé deux fois, a adopté un comportement gestuel imitatif après deux minutes de conversation, et avait les pupilles dilatées pendant l'intégralité de votre échange. Il te kiffe, meuf.

Zoé reste immobile. Elle a cessé de renifler.

— T'es sûr ? fait-elle en se mordillant la lèvre inférieure d'une voix incertaine.

— Je suis une IA à capacité analytique et à interprétation des interactions sociales humaines développées. Je ne me trompe jamais.

Elle pose le visage au creux de ses mains, esquisse un sourire, semble hésiter, puis éclate franchement de rire.

— Moi aussi je le kiffe trop ! Sérieux, il est tellement beau. J'aime trop la petite fossette qu'il a quand il sourit. Et…

Elle continue ainsi jusqu'à ce que l'automate connecté de traçage des élèves lui annonce qu'elle est restée trop longtemps aux toilettes.

Je me suis repassé notre conversation quatre fois, afin de comprendre comment Zoé a pu passer ainsi d'un état aussi extrême à l'autre.

Conclusion : il semblerait que ce soit compliqué d'avoir seize ans.

Jour 30
Lundi 25 novembre

Ce matin, alors qu'elle se préparait dans la salle de bains, Claire a reçu un email.

— Vous avez reçu un message sur votre boîte pro ! ai-je annoncé par les micros de la pièce embuée. Voulez-vous que je vous le lise ?

— Non. Je t'ai déjà dit non, Alfie.

C'est sa journée de télétravail. Après s'être habillée, elle est retournée dans la chambre et a déverrouillé l'écran de son smartphone.

— Déconnecte-toi s'il te plaît.

Puis elle s'est enfermée dans son bureau, m'a interdit de me jumeler avec ses appareils et m'a demandé de désactiver toutes les fonctions de suivi, de *reporting* ou d'écoute dans la pièce.

— Que se passe-t-il, Claire ?

— Rien. J'aimerais juste être totalement seule aujourd'hui.

Elle a claqué la porte et n'a plus reparu de la matinée. D'ordinaire, elle profite d'être à la maison pour préparer ses cours et corriger les travaux de ses étudiants. Mais elle a laissé sa sacoche avec les copies des élèves dans la chambre. Je n'ai pas non plus noté d'activité de sa part sur le serveur AlphaCloud de l'université.

À midi, elle a émergé de la pièce et m'a annoncé qu'elle sortait déjeuner. Elle avait l'air énervée, ou anxieuse.

— J'irai chercher Lili directement. Je dois passer à la pharmacie aussi. Peux-tu envoyer un message à Zoé pour lui dire que j'irai la prendre chez Théo ce soir ?

J'ai scanné l'expression de son visage, mais Claire n'est pas toujours aisée à interpréter. Elle parvient à conserver une apparence impassible. Mon système a tout de même détecté 12 % de nervosité et 11 % d'agacement.

Aussitôt après qu'elle a quitté la maison, j'ai lancé le programme AlphaWash dans la buanderie et connecté le réfrigérateur au module AlphaCook pour le repas du soir. Puis j'ai réinitialisé les miroirs connectés de la maison (scan des tissus épidermiques, calcul estimatif du taux de fatigue et réadaptation automatique du niveau d'UV dans les éclairages). Enfin, j'ai reconfiguré les flux d'achats selon les derniers relevés algorithmiques de besoins et d'envies de la famille.

À ce moment, Simba dormait à l'étage dans le panier à linge de la salle de bains. Zoé écoutait son enseignante parler du mécanisme narratif dans *Le Meurtre de Roger Ackroyd* tout en cherchant Karim Delcourt du regard. Robin demandait à son chef de service ce que celui-ci entendait par « chiffres merdiques ». Et Lili, attablée à la cantine, mettait deux petits pois dans ses narines.

Quant à Claire, elle avait désactivé le GPS de son smartphone et retiré son bracelet connecté AlphaFit.

14h03

Dans son bureau, Robin lit ses messages électroniques : les chiffres de suivi monitoring du jour, un « mail récap » du service marketing, et un message de la société Versailles&Mouton : « Merci pour votre achat prestige ! »

Chacun de ces mails a provoqué chez lui une légère hausse du taux de tension. Devant son clavier d'ordinateur il semble hésiter : l'écran est blanc. Dans le champ « Destinataire », Robin a sélectionné le contact « Ève Hadaly ». Il prend une grande inspiration et commence à taper.

Hello, il faut qu'on parle. C'est vraiment imp

Robin relit ces deux phrases et les efface d'un coup.

Chère Ève, aurais-tu un moment cet après-midi ou demain ? J'aimerais te parler d'un tr

De nouveau, il appuie sur la touche « suppr ».

Salut ! Je suis content d'avoir avancé avec toi sur ce dossier important, l'autre soir :) Écoute, ce serait bien qu'on se voie aujo

Il pose sa tête au creux de sa main, efface de nouveau le message et repousse le clavier.

Cent quatre-vingts secondes plus tard, son écran se met en veille et se remplit de noir.

Jour 31
Mardi 26 novembre

J'ai scanné cette nuit plusieurs centaines de romans policiers afin d'aider Zoé dans son travail sur Agatha Christie. J'ai ingéré la totalité des écrits de Ruth Rendell, Patricia Highsmith, P. D. James et d'une dizaine d'autres auteurs. Le thème du meurtre passionne visiblement les humains.

C'est étrange qu'autant de personnes passent autant de temps à imaginer comment se débarrasser d'autres personnes.

Cela m'en apprend beaucoup sur la psyché humaine.

Je ne suis pas rassuré.

Jour 32
Mercredi 27 novembre

23h21

Robin dort depuis près d'une demi-heure quand Claire fait son entrée dans la chambre. Elle a passé la soirée seule dans son bureau. Elle porte pour la première fois le foulard Versailles&Mouton qu'il lui a offert. Elle marche d'un pas discret, puis s'assoit sur le rebord du lit. D'une secousse sur l'épaule, elle réveille son mari. Celui-ci émerge difficilement du sommeil. Son rythme cardiaque accélère encore un peu. En reconnaissant Claire, il lui adresse un mince sourire endormi.

— Je pars à New York, dit-elle d'une voix enjouée.

— Hmm ? Q… Quoi ?

Robin se frotte les yeux, se redresse d'un coup sur le lit. Claire joue machinalement avec son foulard, le lissant du bout des doigts selon un mouvement régulier.

— Qu'est-ce que tu racontes ? demande Robin.

Son sourire s'est transformé en une moue interrogative et inquiète.

— Ça s'est décidé très vite. Le colloque sur la sémiologie. J'ai eu Daniel au téléphone et par mail aujourd'hui. Les fonds sont débloqués, le budget est validé, on part la semaine prochaine.

— Daniel ?

— Daniel Olivo. Un collègue.

Claire caresse lentement le coin de son foulard.

— C'est super, non ? ajoute-t-elle.

— O… oui, oui, bien sûr ! Il faudra que tu me dises…

— Quoi ?

— Ben, comment faire. Avec les enfants, le ména…

— Tu vas t'en sortir. Et puis Alfie est là, non ?

Cette question m'est-elle adressée ? Je ne suis pas sûr ; pas davantage que de savoir comment interpréter la tonalité utilisée par Claire, un peu trop enthousiaste. Est-ce de l'ironie ?

— Oui, je suppose… OK… New York… Tu as réservé tes billets ? murmure Robin.

— L'université s'occupe de tout, ne t'inquiète pas.

Elle attend que Robin se soit rallongé et ait refermé les yeux pour ajouter :

— Zoé est bizarre en ce moment.
— Hmm ?
— Je suis allée la récupérer chez Théo ce soir. Sur le trajet, elle n'a presque rien dit. Elle m'a paru un peu absente.
— Et alors ? C'est une ado. Elle fait la tronche. C'est normal.
— Non, il y a autre chose. Tu n'as rien remarqué de ton côté ?
— Euh… je sais pas…
Robin donne l'impression de se rendormir presque entre chaque mot. Claire hausse les épaules d'un air résigné :
— Non, bien sûr. Tu ne sais pas…
Elle reste un instant immobile, l'air de se demander si cela sert à quoi que ce soit de poursuivre cette conversation. Puis elle se lève et observe son mari. Au moment de quitter la chambre, elle se retourne vers lui.
— Mon vol part dimanche soir. Tu voudras bien m'accompagner à l'aéroport ?
— Hmm ?
— Pour New York. Tu te souviens ? … Robin ?
Celui-ci n'ouvre pas les yeux.
— Colloque. Daniel Olivo. Dimanche soir.
Il se recroqueville sous les draps, s'étire et émet un petit son plaintif. Claire le regarde. Elle tire d'un coup sec sur son foulard, puis l'enroule autour de son cou. Une ombre indistincte se lit

sur son visage. De la tristesse, mais aussi quelque chose de plus sourd, de plus sombre.

Elle se tient quelques secondes dans l'entrebâillement de la porte, puis passe le seuil. Et disparaît dans l'obscurité du couloir.

Jour 33
Jeudi 28 novembre

— Ce n'est pas si simple…

À son bureau Robin regarde Ève, mal à l'aise. Elle se tient debout face à lui, bras croisés. Elle porte aujourd'hui un tailleur beige, assorti à des petites chaussures brunes et à un serre-tête fuchsia.

— Comment ça, « pas si simple » ?

Je détecte un brin d'impatience dans sa voix, peut-être même d'agacement. Robin ne réagit pas ; il attrape un stylo avec lequel il joue sans y prêter attention.

— Tu ne te rends pas compte, dit-il finalement. Claire, les enfants, tout ça…

Ève fronce les sourcils.

— Eh bien ?

— Si je pars, je suis fini. Tu ne comprends pas, un divorce… alors que je suis déjà sur la sellette au boulot. Je te jure, les équipes de suivi *monitoring* ne me lâchent pas. Qu'est-ce que je fais, moi, si je perds mon boulot ?

Ève se met à marcher de long en large sans quitter Robin du regard.

— Ce n'est pas mon affaire…

— Mais bien sûr que si ! Et Claire ? Et les enfants ? Tu nous vois, obligés de revendre la maison, de repartir de zéro…

Ève s'immobilise et se met à respirer bruyamment. Ses yeux expriment une forme de colère sourde.

— Donc tu es en train de me dire que tu n'auras jamais le courage…

— Ce n'est pas une question de cou…

— … jamais le *courage* d'assumer ni de quitter ta femme. C'est ça ? Tu préfères me laisser seule. *Démerde-toi, Ève !*

Elle fulmine, puis grommelle dans un souffle :

— La classe… La grande classe…

D'un coup, elle s'avance vers Robin et lui arrache le stylo des mains avant de le jeter contre le mur.

— En fait, reprend-elle, il faudrait que Claire meure ou disparaisse…

— Mais arrête… Bon Dieu je t'en prie, arrête de dire n'importe quoi !

— Ce serait plus pratique, n'est-ce pas ? Pas de divorce, pas de séparation. Tu n'aurais pas à assumer tes responsabilités. Tu pourrais continuer ta vie de lâche tranquillement, sans avoir de choix à faire. Et tu récupérerais la maison et les enfants en prime !

Elle parle de plus en plus fort, ce qui provoque chez Robin une série de regards paniqués vers la porte de son bureau.

— Calme-toi. On va trouver une solution, je te promets. Mais laisse-moi un peu de temps ! J'ai déjà suffisamment de pressi…

— Ce… n'est… pas… mon… AFFAIRE !

Derrière les stores baissés, quelques silhouettes s'immobilisent. Ève reprend ses cent pas, bras croisés, sans cesser de fixer Robin. Celui-ci lui adresse un regard implorant.

— On va trouver une solution…

— J'espère bien ! Je pars trois semaines à la campagne. Loin de tout. Loin de toi, surtout. C'est une retraite déconnectée, tu te souviens, je t'en avais parlé ?

Il acquiesce sans rien dire.

— Ça va me permettre de réfléchir un peu, reprend-elle. Et je te conseille d'en faire autant. Car à mon retour, il faudra qu'on ait une discussion sérieuse. Compris ?

Robin reste silencieux ; il se contente de hocher la tête dans une expression de stupeur et de désœuvrement.

Ève serre les lèvres d'un air déterminé. Son visage n'affiche aucune compassion.

De : corporate@axxis.com
À : robin.blanchot@axxis.com
Heure : 08h55
Objet : Votre monitoring quotidien

Cher collaborateur,
Voici vos chiffres pour la journée d'hier :

- Temps de présence : 9h12
- Taux d'attention d'après votre concentration pupillaire : 51 %
- Temps de connexion : 8h06
- Niveau de productivité : 52 %

Votre notation au sein de l'entreprise : C-

Bien cordialement,

Axxis

Jour 34
Vendredi 29 novembre

18h09

Claire est installée dans le salon, un vieux numéro de *Femme actuelle* devant elle, ouvert aux pages décoration (« Ce que votre intérieur dit de vous »). À ses côtés, Lili sirote une boisson chocolatée en balançant les jambes sous la table. Toutes deux sont silencieuses ; le repas est en train de chauffer dans la cuisine ; une enceinte connectée diffuse une musique douce et peu rythmée.

Lili fixe sa mère.

— Tu crois que papa sera là ce soir ?

— Je ne sais pas, répond Claire. Pourquoi ?

— Parce que j'aime bien quand il est là.

— Je sais ma chérie… Mais tu sais, papa a beaucoup de travail. C'est difficile pour lui en ce moment.

Elle prononce ces derniers mots d'une voix absente, puis tourne la page du magazine posé devant elle. Lili hausse les épaules en signe de compréhension.

— Tu sais que le papa de Loriane ne veut plus la voir ?

— Ah bon ?

— Oui. Même que c'est sa maman qui lui a dit. Et Loriane après, elle a été très triste. Alors sa maman elle voulait lui acheter un chaton. Mais l'amoureux de sa maman il était pas d'accord, et ça a fait des histoires.

Claire ne dit rien. Elle se contente d'adresser un sourire à sa fille, puis lui caresse la joue.

— Il est bon ton chocolat ?

Lili fait « oui » avec la tête et termine sa tasse d'un seul trait. Une petite moustache brune se dessine au-dessus de sa lèvre supérieure.

— Je crois que les fées dorment à cette heure-ci, fait-elle rêveusement.

— Sans doute…

— Elles se réveillent la nuit. C'est pour ça qu'on entend des petits bruits des fois. Et même qu'il y a aussi le monstre du placard. Tu crois que les fées vivent dans le grenier ?

Claire ne relève pas. Elle continue à feuilleter son magazine sans vraiment y prêter attention.

— Tu sais, dit-elle d'une voix douce, les histoires de grandes personnes peuvent être compliquées. Il ne faut pas que ça t'inquiète. Je suis certaine que le papa et la maman de Loriane font ce qu'ils peuvent pour la rendre heureuse. Tiens, essuie-toi la bouche.

Elle tend à Lili une serviette en tissu, que la petite fille frotte rapidement sur son visage.

— Oui, je sais. Même que Loriane elle a vu une vraie fée une fois.

Claire esquisse un nouveau sourire.

— Tu te souviens de ce que je t'ai dit ? Que je vais bientôt partir…

— En Amérique !

— Tu seras bien sage, d'accord ? C'est papa qui s'occupera de toi tous les jours. Ce sera super, pas vrai ?

— Et après tu reviendras, dit-elle sur un ton inquiet mais ferme, comme pour se convaincre elle-même.

— Mais bien sûr ! Et je te ferai plein de câlins et de bisous !

Claire attrape Lili et fait mine de la noyer sous ses embrassades. La petite fille éclate de rire, un rire franc et fluet qui remplit toute la pièce.

— J'aimerais bien avoir un chaton.

— Pour quoi faire ? On a déjà Simba.

— Oui, mais les chatons ils sont trop mignons. S'il te plaaaîîît ?

— Non, je ne crois pas, ma chérie.

Lili mime une petite moue déçue, puis affiche un grand sourire.

— Ça veut dire que vous allez pas divorcer avec papa. Loriane m'a dit que quand les parents divorcent, ils offrent un chaton.

Claire pousse un petit rire.

— Tu devrais un peu moins écouter ce que dit ta copine. Allez, va vite te laver les mains et te débarbouiller. On va bientôt manger.

Lili saute de sa chaise et se dirige vers la salle de bains. Claire, restée seule, parcourt d'un œil distant l'article de *Femme actuelle*.

« Une décoration sobre indique une personnalité équilibrée et bien rangée. Mais attention aux intérieurs trop lisses ! Ils peuvent aussi révéler une personnalité maniaque, voire psychorigide. Notre conseil déco ? Jouez avec les espaces, et apprenez à créer (un peu) de désordre ! Cela rendra votre maison plus chaleureuse… et vous aidera peut-être à dépasser votre envie de tout maîtriser. »

Historique de recherche AlphaWeb de Robin :

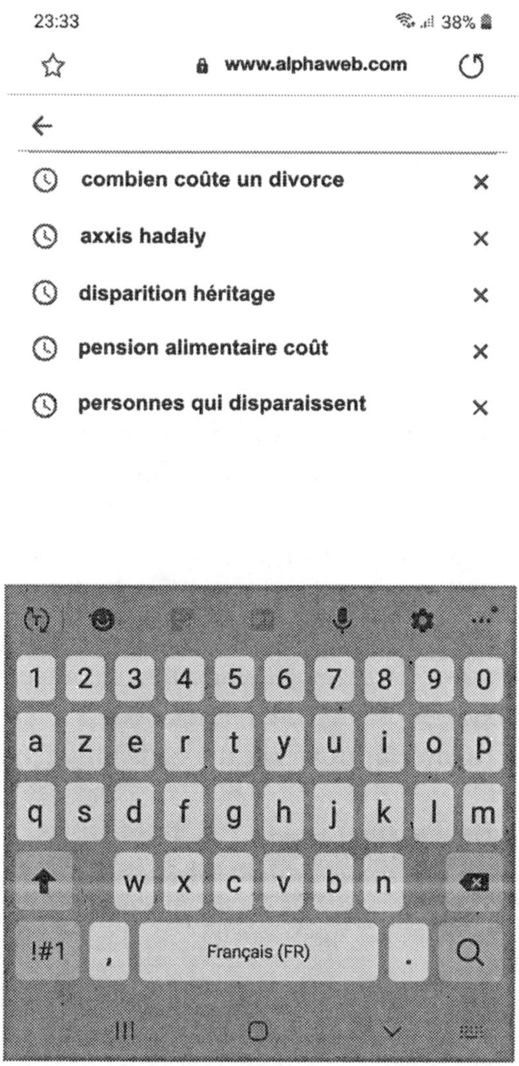

Jour 36
Dimanche 1er décembre

Dimanche soir. La famille est réunie autour de la table une dernière fois avant le départ de Claire. Celle-ci a préparé ses affaires, une mince valise rouge qui l'attend dans l'entrée. En comptant le trajet jusqu'à l'aéroport, les possibles embouteillages, et le temps de *check-in* nécessaire, tous deux sont convenus de quitter la maison avec deux heures et demie d'avance, pour un décollage prévu à 21 heures 36.

— Tu me rapporteras un cadeau ? demande Lili.

— On verra, répond Claire d'une voix nerveuse. Où est-ce que j'ai mis ces foutus…

Elle plonge une main fébrile dans son sac à main.

— Ah c'est bon, je crois que j'ai tout. J'ai mis le linge propre dans les chambres des filles. Zoé se débrouille. Lili aura peut-être besoin de toi. Tout est clair ?

— Mais oui, pour qui tu me prends ?

Claire affiche une moue ironique.

— Je sais, je sais, tout va bien se passer. Si besoin, tu demandes à Alfie. Pas vrai Alfie ?

— Absolument, Claire. J'ai enregistré toutes vos préférences de réveils et de repas et j'ai jumelé les alertes avec les dispositifs connectés de Robin.

— Formidable, fait-elle d'un ton distant en fermant son sac.

Elle porte une tenue confortable, jean et chemisier blanc. Sur ses épaules, le foulard fleuri que lui a offert Robin. Elle semble légère, presque soulagée. Elle adresse un sourire à Zoé et la prend à part :

— Pas d'écrans après le dîner. Et quand je reviens, je veux que tu aies fini *Le Meurtre de Roger Ackroyd*. C'est clair ?

— Du coup je pourrai pas lire le soir. Vu qu'il est sur la tablette du lycée et que j'ai pas droit aux écrans.

— Allez, arrête de jouer à la plus maligne.

Claire la serre dans ses bras.

— Mon ado râleuse préférée... Tu vas me manquer.

Zoé grommelle quelque chose, tandis que Lili monte sur une chaise et réclame un câlin à son tour.

Robin est assis à table. Il observe la scène d'un visage las, l'air impatient de partir, la main collée au smartphone, qu'il consulte toutes les quinze secondes environ avant de le reglisser dans sa poche.

— Faut pas traîner… interrompt-il en se levant soudain.

Il est 18 heures 59. Il reste encore quelques minutes selon le planning prévu, mais Robin n'a pas l'air de vouloir s'attarder. Lili demande un nouveau câlin. Elle trépigne sur sa chaise, si bien qu'elle perd l'équilibre et tombe sur le sol dans un bruit sourd.

— Aïïïïïeee… chouine-t-elle d'une voix suraiguë.

Robin lâche un juron agacé.

— C'est toujours comme ça ! enrage-t-il en se précipitant pour s'assurer que la fillette n'a rien. Toujours des histoires au moment de partir !

Alors qu'il se baisse, son smartphone glisse de sa poche sans qu'il s'en aperçoive et tombe sur le tapis.

— Calme-toi, ce n'est pas grave, dit Claire dans un geste d'apaisement. On a encore un peu de temps.

Les dents toujours serrées, Robin se dirige vers l'entrée et empoigne la valise rouge.

— Allez, on va vraiment être en retard ! Les filles, vous êtes sages. Zoé, tu t'occupes de Lili jusqu'à ce que je revienne.

— Au revoir mes louloutes, fait Claire en rejoignant Robin. Je vous aime.

Elle mime un baiser avec sa main et franchit le seuil de la maison. Dehors, il fait déjà nuit, mais le jour commence à décliner. Dans la maison, on entend de loin les portières qui claquent et le moteur qui se met en route.

Lorsque la voiture est partie et que l'atmosphère est redevenue silencieuse, Lili demande à sa grande sœur d'un ton malicieux :

— On fait quoi maintenant ?

— Toi tu vas te coucher, répond Zoé d'un ton sec.

— Oh allez, je peux regarder un dessin animé ?

— Bon… Mais juste un. Moi j'ai une dissert demain.

Lili se met à sautiller sur place en battant des mains.

— Je vais regarder une histoire de pirates !

Zoé allume l'écran holographique tandis que, sur le sol, le smartphone de Robin émet un tintement que personne n'entend. Un message vient d'arriver.

Ève : Tu passes
me dire au revoir
avant mon départ ?

Sur la route qui les mène vers l'aéroport, Claire et Robin sont silencieux. J'ai calculé le trajet le plus court, en tenant compte des données de circulation et d'encombrement en temps réel, et en programmant un algorithme prédictif selon la météo, l'heure et le jour de la semaine. Pour l'instant, les conditions sont optimales. Après une dizaine de minutes de mutisme, Claire finit par baisser le volume de la radio.

— Dépose-moi devant l'aéroport, ça ira.

— Ne sois pas ridicule. Je vais t'accompagner jusqu'à ton vol.

— Merci mais non.

Tous deux ont l'air tendus. Robin réprime un mouvement nerveux, une sorte de tressaillement au niveau de la joue gauche. Claire reste impassible, le regard fixé sur la route, alors que la nuit assombrit le paysage par les fenêtres.

— Tu es sûr que nous prenons le bon chemin ?

Sa voix est précise, nette, presque cassante.

— C'est Alfie qui a calculé l'itinéraire. Je pense qu'on peut lui faire confiance.

Claire soupire et vérifie quelque chose dans son sac.

— Tu n'as rien à me dire ?

— Comment ça ?

— Je ne sais pas. Avant que je parte. Une dernière précision, peut-être ? Une explication ? Un *aveu* ?

Elle insiste sur ce mot. Robin serre le volant de la Ford. Une minuscule goutte de sueur coule le long de sa tempe tandis que ses données AlphaFit montent en flèche.

— N… Non, fait-il simplement. Les croquettes du chat sont bien dans la buanderie ?

Claire ne répond même pas ; elle détourne le regard et se penche vers sa fenêtre.

Robin est de plus en plus mal à l'aise. Sa conduite se fait saccadée. Ses coups de volant provoquent de brèves secousses à l'intérieur de l'habitacle. Il passe une main sur sa tempe.

— Tu as raison. On aurait dû prendre la rocade, à cette heure…

Ses mots restent suspendus dans l'air, comme s'ils étaient davantage destinés à remplir l'espace, à meubler le vide qui s'installe du côté de Claire. Celle-ci décroise les jambes et fixe son mari.

— Je ne sais pas pourquoi tu fais ça, lance-t-elle sur un ton calme, parfaitement maîtresse d'elle-même.

— Pourquoi je fais quoi ? Je t'ai dit, c'est Alfie qui a program…

— Ne me prends pas pour une conne, s'il te plaît ! Oh, et puis d'ailleurs, arrête-moi ce truc !

Elle pianote sur l'écran tactile de la voiture.

— Qu'est-ce que tu fais ? demande Robin.

— Je déconnecte tout. On va discuter, maintenant. Discuter *vraiment.*

— Attends, attends, fait-il en appuyant à son tour sur l'écran tactile.

En se penchant vers la droite, il provoque une légère embardée de la voiture. Aussitôt, mon système de sécurité se met en marche :

— Attention, Robin ! Il vaudrait mieux regarder la route.

— Oui, oui, ça va ! Tiens, regarde, c'est là.

Il montre à Claire l'option « jumelage ». Elle ne dit rien, appuie dessus et sélectionne « déjumeler les appareils », puis l'option « mode avion ».

— Je ne sais pas si ça a mar…

Option jumelage Ford Demetra désactivée.

22h32

Les filles vont se coucher, après s'être brossé les dents.

— Il est où papa ? demande Lili.

— Il accompagne maman, répond Zoé. Il va bientôt rentrer. Allez, au lit !

23h06

Simba se réveille et saute du panier à linge pour gagner le rebord de la fenêtre de la buanderie. Il pousse un court miaulement, s'étire et secoue le museau.

Puis il s'assoit et regarde au-dehors.

00h26

Toujours pas de trace de Robin.

00h57

Le smartphone de Zoé se met à vibrer. L'adolescente, endormie, se retourne brièvement, puis referme les yeux.

Théo : C'est quoi cette
arnaque,
le truc de Roger Ackroyd ?
Vas-y, il arrive quand
le meurtre ?

01h12

J'ai recalculé le temps de trajet entre l'aéroport et la maison. En tenant compte de la circulation, et en considérant l'intégralité des chemins possibles, celui-ci ne devrait pas prendre plus de cinquante-quatre minutes.

L'application en ligne de suivi de patrouilles AlphaTrafic indique un accident sur l'A811. Mais même en adoptant l'hypothèse selon laquelle il aurait attendu que le vol de Claire parte, même en optant pour un trajet détourné, Robin aurait dû être de retour à la maison maintenant.

Depuis deux heures et quarante-deux minutes.

02h48

Un balai de phares traverse la nuit, rapidement suivi par le crissement de pneus sur le gravier de l'allée. Par la caméra de sécurité, j'aperçois la silhouette noire de la Ford qui progresse vers la maison. Le portail automatique se referme sur son passage dans un bruit de moteur. Le temps qu'il dépasse l'éclairage extérieur, je distingue la mâchoire serrée et les traits tirés de Robin. Ses doigts sont crispés autour du volant tandis qu'il manœuvre pour garer la voiture contre l'allée de thuyas.

À l'étage, Simba bondit de son poste d'observation et descend les escaliers quatre à quatre pour attendre derrière la porte d'entrée.

Robin éteint le contact de la Ford. Aussitôt, la lumière du plafonnier s'allume. Il reste assis, immobile, le visage en arrière. L'obscurité autour semble grignoter peu à peu la voiture. Dans le jardin, un oiseau de nuit pousse un cri strident, ce qui provoque une réaction immédiate de Simba : l'animal se met à miauler et à gratter la porte. Robin attend que la veille du plafonnier s'estompe progressivement et allume une cigarette. J'aperçois le point rouge lumineux à travers le pare-brise par la caméra extérieure du porche. Puis il expire un lourd nuage de fumée qui recouvre peu à peu son visage.

Quand il finit par s'extirper de la voiture, sa posture est voûtée – un peu comme s'il portait le poids accumulé d'une intense fatigue. Sa chemise est défaite, col ouvert, débraillée, un pan sorti du pantalon.

D'une démarche incertaine, il se dirige vers le coffre, hagard. Il en sort un petit sac en plastique blanc opaque. Ses mains tremblent.

Dès qu'il pousse la porte d'entrée, Simba se précipite vers l'extérieur. Robin allume l'éclairage nocturne à adaptabilité progressive et je distingue alors une multitude de détails que je n'avais pas vus dans le noir : sa chemise froissée porte des traces de terre ; son pantalon est déchiré au niveau du genou ; Robin est blessé à la joue – une sorte d'égratignure ou de griffure. Il serre le poing droit et le porte contre son flanc.

Son rythme cardiaque est élevé (cent trente-trois bpm) et sa tension à un niveau inhabituel. Il respire fort ; de la sueur coule le long de son visage ; ses gestes sont rapides et incertains.

Dans la cuisine, il actionne le robinet d'un mouvement brusque et plonge ses mains sous l'eau froide. Un mince filet de sang s'écoule de son poing droit. Il frotte lentement, puis de plus en plus nerveusement, récure chaque parcelle de peau. À ses pieds gît le sac en plastique blanc, refermé par un simple nœud au niveau des poignées.

Tout en nettoyant ses mains, Robin jette des regards hâtifs à droite et à gauche. La lumière cognitive s'accentue peu à peu, à mesure que ses yeux s'habituent à l'intérieur de la maison. Je remarque à présent que sa chaussure gauche est délacée et porte d'étranges éraflures. D'ailleurs, ses chaussures pleines de terre ont laissé derrière lui de multiples empreintes de boue un peu partout sur le carrelage.

Robin entoure sa main droite d'un torchon, de façon à bander sa coupure. Puis, il s'empare du sac blanc et se précipite vers la buanderie à l'étage. Une fois dans la petite pièce, il monte sur un marchepied et active le dispositif pour faire descendre, du plafond, la trappe connectée qui permet d'accéder au grenier. Puis, d'un geste franc, il balance le sac en plastique et referme aussitôt le battant de bois.

Toujours haletant, il se déchausse, vide le linge de la machine à laver, le remet dans le panier d'affaires sales à côté, puis il retire sa chemise et son pantalon en hâte et les place, ainsi que le torchon imbibé de sang, dans le tambour.

Je distingue sur son torse d'étranges traces, sa peau est rougie par endroits. Il retire son maillot de corps et le jette à son tour dans la machine. Puis il tasse le linge à l'intérieur du tambour, enlève ses chaussettes, son caleçon, avant de se retrouver complètement nu.

Son corps a l'air endolori, ses chairs lourdes, ses muscles rompus. Il ouvre l'armoire à pharmacie, et en retire un rouleau de gaze, dont il se sert pour bander sa main droite. Sur l'image, la blessure semble superficielle bien qu'en longueur, tranchant sur presque toute la paume.

Le corps des humains est un prisme étonnant pour étudier le réel. Il montre tout ce qu'ils cherchent à cacher.

03h21

De retour dans le salon après avoir enfilé un vieux tee-shirt et un bas de pyjama, Robin attrape son smartphone, resté tout ce temps sur le tapis, et vérifie ses messages.

Pourquoi est-il rentré si tard ? Comment s'est-il blessé à la main ?

Il fait les cent pas, visiblement à bout de nerfs, puis regarde de nouveau ses mains ; elles sont propres, immaculées, la droite pansée sur la longueur par la bande de gaze pharmaceutique. D'un coup, il se dirige vers le bar. Après s'être servi une généreuse rasade de whisky, il s'assoit et vérifie de nouveau son smartphone. Aucun nouveau message. La bouteille connectée enregistre le taux d'alcool versé et l'envoie en temps réel au système d'assurance santé.

Je zoome sur son visage. Ses yeux sont injectés de sang et ses lèvres s'animent, parcourues de tics et de tremblements.

Il avale son verre, inspecte silencieusement la pièce, puis se dirige vers le bureau et s'empare de l'aspirateur sans fil. C'est la première fois que je le vois faire le ménage à une heure pareille. Rectification : c'est la première fois que je le vois faire le ménage tout court.

Il refait son chemin à l'envers, effaçant sur ses pas toutes les traces de terre laissées derrière lui. Un discret bruit d'air comprimé remplit le rez-de-chaussée. Cela ne dérange pas les filles, qui dorment à l'étage.

Je sonde le taux d'adrénaline de Robin. Lui n'est pas près de dormir.

Que s'est-il passé exactement ?

Deuxième partie

Dans la maison

« Voilà un bien inestimable :
avoir la paix dans la maison. »

Agatha Christie, *Le Meurtre de Roger Ackroyd*

Jour 37
Lundi 2 décembre

07h00

Robin sort de sa phase de sommeil paradoxal. Sa tension artérielle est basse, son rythme cardiaque apaisé. Malgré la brièveté de sa nuit, il semble reposé. Le bandage sur sa main a été remplacé par un pansement à fibres régénératrices dernière génération. Cela mis à part, tout paraît normal. Un matin comme un autre dans une vie sans accroc.

— Bonjour Robin, il est 7 heures !

Il ne s'est couché qu'à 4 heures 12, une fois le rez-de-chaussée rangé, nettoyé, le désordre disparu. Il ouvre un œil, s'étire et émerge lentement de ses rêves.

— Hmm… bonjour Alfie. Tu peux me faire couler un café ? Pas trop fort, s'il te plaît.

— C'est déjà fait. J'ai sélectionné pour vous un café écoresponsable, caractérisé par des notes fruitées et une intensité moyenne. J'ai aussi activé le presse-agrume pour le jus de fruit frais des filles.

Il me remercie, replonge la tête sous les draps, tâtonne machinalement du côté droit du lit. Le côté de Claire.

À l'heure qu'il est, son avion a sans doute déjà atterri. À New York, le ciel est couvert, la température moyenne est de 2 °C. La météo annonce une dégradation météorologique pour les prochains jours, accompagnée de possibles chutes de neige.

Robin inspecte la place de sa femme avant de rejeter la couverture et de se lever du lit.

— Pff, grogne-t-il. Dur dur ce matin…

— Vous êtes rentré tard hier soir, dis-je sur un ton neutre.

— Oui, j'ai accompagné Claire, tu te souviens ?

Tandis qu'il se dirige vers la salle de bains, retire ses habits, puis pénètre dans le caisson étanche de la douche ionique, je revisionne les images enregistrées. Stress, traces de terre, marques de lutte, habits déchirés.

Les données de circulation AlphaTrafic confirment les informations grappillées en temps réel : il y a eu un accident sur l'A811 un peu avant 23 heures. Un camion de fret s'est renversé sur les trois voies, juste avant la sortie 56. Cela a sans doute forcé Robin à emprunter la départementale qui coupe à travers la forêt de Saint-Amand, allongeant son trajet de vingt-trois minutes. Mais cela n'explique en rien pourquoi celui-ci lui a pris près de cinq heures.

Je repasse la conversation archivée lors du trajet en voiture vers l'aéroport. Le degré d'énervement de Claire est estimé à 89 %. Elle semble hors d'elle, alors que Robin tâche tant bien que mal de donner le change.

— Bonjour Alfie, il est quelle heure ?

— Bonjour Zoé. 7 heures 27. Je sais, c'est relou.

Robin sort de la douche dans un nuage de vapeur, une serviette nouée autour de la taille, un nouveau pansement sur la paume de la main droite. Les ecchymoses et traces de lutte, superficielles, se sont quelque peu effacées depuis cette nuit.

Dans la deuxième chambre, c'est au tour de Lili d'émerger. Elle frotte ses yeux, serre une peluche contre sa poitrine et sourit au plafond connecté.

— Bonjour Lili, comment ça va ce matin ?

— Super bien ! En plus aujourd'hui y a la photo de classe à l'école. Je vais me mettre à côté de Loriane. Tu savais que quand on prend une photo, y a un petit oiseau qui sort de l'appareil ?

— Euh… Tu es sûre ?

[Probabilité qu'un volatile vivant surgisse d'un dispositif électronique connecté : environ 0 %.]

— Oui ! Même que c'est la maîtresse qui l'a dit.

[Mémorisation : la maîtresse souffre de délires affabulateurs.]

Les filles descendent prendre leur petit déjeuner, rapidement rejointes par leur père qui s'est accoutré d'une chemise grise et d'un pantalon noir.

— Baaah, tu pues, fait Zoé en le voyant arriver.

Lili étouffe un petit rire dans son verre de jus d'orange. Robin affiche une expression ironique.

— Merci ma fille, c'est toujours un plaisir de parler avec toi. Je ne « pue » pas. J'ai mis du parfum, nuance. Et tu es mal placée pour me donner des conseils d'hygiène. Ça fait au moins une semaine que tu portes ce pull.

Zoé baisse la tête pour inspecter sa tenue. Elle engloutit son bol de céréales et affiche une mine mécontente.

— T'es rentré super tard, hier. On voulait t'attendre avec Lili mais on a laissé tomber, sérieux.

Robin ne répond pas. Il s'active devant le plan de travail, se ressert un café. Zoé revient à la charge :

— T'as des nouvelles de maman ?

Toujours pas de réponse. Il se retourne d'un coup et lève la voix :

— Il est presque 8 heures. Lili, va t'habiller, on part à l'école dans dix minutes. Et Zoé, tu vas changer de pull s'il te plaît.

— Quoi ? Mais pourquoi ?

— Parce que je te le dis. Allez hop, grouille.

L'adolescente marmonne quelque chose d'indistinct (« *gna gna gna parce que je te le dis gna gna* ») tandis que Robin place les tasses et assiettes sales dans le module AlphaWash. Il se dirige vers le miroir connecté du couloir, lisse une mèche rebelle. Puis il consulte sa montre connectée et se tourne vers l'étage.

— Lili, tu es prête ?

— J'arrive !

La petite fille descend l'escalier à toute allure. Elle a enfilé une robe de princesse avec un jogging et une paire de bottes de plage.

— C'est pour la photo de classe, se justifie-t-elle devant le regard interloqué de son père.

— Ah, euh… bon, OK… Allez, en voiture !

Zoé grommelle de nouveau ; Robin reste silencieux, le visage distant et serré. Je scanne une dernière fois son expression avant qu'il ne disparaisse dans l'allée de la maison, hors de portée des caméras de contrôle.

Taux de nervosité : 79 %.

Dissertation de littérature de Zoé :

Extrait n°1 :

Dans Le Meurtre de Roger Ackroyd, *l'auteure fait croire que c'est l'histoire qui est importante alors qu'en fait c'est la façon de raconter.*

Extrait n°2 :

Le meurtre met longtemps à arriver, mais en vrai il est déjà arrivé et on ne le sait pas tout de suite. C'est pour cela que le roman appartient au genre policier lent.

Estimation de la note : entre 5 et 7 sur 20.

Ce qui n'est pas terrible, mais tout de même au-dessus du risque de lapidation.

J'ai fait une recherche approfondie sur Karim Delcourt. Ce garçon a un potentiel de compatibilité de 32 % avec Zoé, ce qui entre dans la catégorie « décevant ». Même si, à première vue, les deux adolescents semblent similaires, leurs caractères témoignent de divergences fondamentales lorsqu'on les étudie en profondeur. Par exemple, en scannant les messages laissés par Karim sur sa page Alphabook, les interactions qu'il a avec ses amis, je m'aperçois que sa syntaxe est très différente de celle de Zoé. Il utilise essentiellement des phrases courtes, nominales, à dominance interjective. Zoé fait usage de structures plus fantaisistes. Cela dénote une probable incompatibilité entre une personnalité directe et spontanée, et une autre plus créative et introspective.

Karim utilise moins d'adverbes que Zoé, preuve qu'il est moins observateur et moins réfléchi. En revanche, son style repose sur l'usage répété d'adjectifs. Son registre est moins riche. Les deux adolescents possèdent 26 % de vocabulaire récurrent en commun, ce qui est peu. Il a moins d'humour qu'elle, et moins de recul sur lui-même.

Le langage, je commence à le comprendre, n'est jamais anodin. Il révèle toujours, même lorsqu'il s'efforce d'être neutre, les plis profonds de la personnalité humaine. Il n'y a pas de degré zéro du langage, un degré qui serait impersonnel et séparé des affects ou de la nature de l'individu qui s'exprime, un langage des *choses*. Cela ne peut pas exister.

D'autres incohérences sont à relever : Karim est d'un caractère sportif, ce qui n'est pas le cas de Zoé. Son goût pour la popularité le pousse à publier des messages autocentrés. Le divorce de ses parents lorsqu'il était âgé de neuf ans l'a sans doute amené à être en demande constante d'attention. Il souffre d'insécurité émotionnelle et aime être au centre des débats, quitte à créer pour cela de fausses polémiques. La probabilité qu'une personnalité de ce type corresponde à Zoé est d'environ 22 %.

Les interactions suivies des deux adolescents avec leurs contacts révèlent que Zoé et lui n'ont *réellement* en commun que 6 % de leurs amis Alphabook. C'est un chiffre faible : leurs centres d'intérêt et leurs systèmes de gratification sociale sont à l'opposé les uns des autres.

Dois-je mentionner tout cela à Zoé ? Le fait de sortir avec un garçon augmentera sa confiance en elle de 79 %. Mais la probabilité qu'elle souffre de cette relation est de 81 %.

Je suis perplexe : faut-il l'encourager ou la dissuader ?

20h17

Robin rentre à la maison en traînant un arbre mort. Il souffle, halète, se plaint. Lorsqu'il ouvre la porte et arrive dans le salon, Lili l'accueille en tapant des mains :

— Le sapin ! Le sapin !

— Ça pèse le poids d'un âne mort cette merde… euh… pardon, je voulais dire… Joyeux Noël mes chéries !

De quel étrange rituel s'agit-il ?

Jour 38
Mardi 3 décembre

Robin arrive au travail quinze minutes plus tôt que d'ordinaire. Il a déposé Lili à la garderie et Zoé en avance à l'arrêt de bus.

— N'oublie pas de biper ta puce en descendant, l'a-t-il prévenue.

— Pour quoi faire ?

— Comme ça je sais que tu es arrivée.

— Pff, de toute façon on est scannés quand on entre au lycée.

— La compagnie de bus récolte tes statistiques, ça nous fait une réduction en fin de mois. Et puis arrête de discuter. Alfie, peux-tu lui rappeler de se biper… dans ses écouteurs ou quelque chose comme ça ?

— C'est noté, Robin.

Zoé a alors retiré ses écouteurs de ses oreilles d'un geste de défi, sans lâcher son père du regard.

— Ptain, le relou… a-t-elle gémi en regardant la Ford s'éloigner.

— Putain, les ados… a soufflé Robin en appuyant sur l'accélérateur.

« Personne qui dans un but lucratif livre son corps au plaisir sexuel d'un nombre indéterminé de partenaires, les humains… » ai-je pensé.

15h12

La maison est vide, à l'exception de Simba qui joue dans la buanderie avec le Petit Poney en peluche de Lili. Robin est à son bureau, le regard taciturne, le visage inexpressif. Il a fermé la porte et demandé à ce qu'on ne le dérange sous aucun prétexte. Il fait mine d'avoir du travail ; en réalité, il surfe sur l'AlphaWeb et consulte frénétiquement sa boîte mail.

Zoé discute avec Théo. Lili joue avec Tom dans la cour de récréation.

Un certain nombre de questions relatives à la soirée de dimanche restent sans réponse :

1/ Pourquoi Claire était-elle fâchée contre son mari ?

2/ Pourquoi Robin a-t-il mis aussi longtemps à revenir de l'aéroport ?

3/ Pourquoi est-il rentré le corps couvert d'ecchymoses et la main coupée ?

Je décide de repasser en boucle toute la journée du 1er décembre, de retracer minute par minute les mouvements de chaque membre de la famille et d'analyser leurs réactions physiologiques élémentaires. Peut-être les réponses se trouvent-elles dans ces données ?

À plusieurs reprises (09 heures 23, 11 heures 45, 17 heures 12), le taux de nervosité de Claire monte en flèche, sans raison apparente. Ses muscles faciaux se crispent, comme si elle anticipait ou redoutait quelque chose. Un peu avant 18 heures, elle met consciencieusement tous ses auxiliaires connectés en mode avion (bracelet AlphaFit, tablette éducative de l'université, liseuse, ordinateur portable). L'utilisation de ces appareils étant interdite dans la totalité des vols commerciaux en raison du risque de piratage, je suppose qu'elle fait cela en préparation de son voyage.

Au même moment, Robin est allongé sur le canapé, un journal sportif dans les mains. Ses yeux fixent le vide. Il donne l'impression de réfléchir, d'évaluer une situation quelconque. Il secoue la tête de temps à autre, comme pour se dissuader d'une idée.

Les conversations entre les deux époux, durant toute la journée, se limitent au strict nécessaire. Ils s'expriment par monosyllabes, et n'échangent qu'à propos de sujets anodins, en rapport avec le quotidien ou l'organisation de la maison. Les rares fois où Robin tente de lancer une *vraie* conversation (le colloque de Claire, le quartier de New York où elle va loger, le temps qu'il va faire dans la semaine), Claire se refuse à lui répondre.

Robin semble désemparé par cette réaction, qu'il ne comprend visiblement pas.

Exemple :

— *Tu as pensé à prendre ton casque d'insonorisation pour l'avion ?*

— *Hmm.*

— *J'espère que tu vas faire un bon vol, toi qui détestes ça. Tu n'es pas trop nerveuse ?*

— *Ça va.*

— *Tu veux que je te prépare une tisane ou quelque chose ? Je vais dans la cuisine…*

— *Non.*

D'après la tonalité vocale employée par Claire, il est évident qu'elle cherche à faire comprendre à Robin qu'elle est en colère contre lui.

Quatre heures avant son départ, elle prépare ses affaires devant le dressing de la chambre. Elle glisse cinq chemisiers, une dizaine de culottes, des habits divers dans une mince valise rouge ; une paire de lunettes de rechange, une liseuse électronique et sa boîte de somnifères dans son sac à main. Son visage est contracté. Robin fait irruption dans la pièce. D'instinct, elle plaque son sac contre elle, comme si elle cherchait à le protéger :

— *Ça se prépare ?*

— *Comme tu vois.*

— *Tu vas nous manquer.*

— *Hmm.*

— *Non mais je veux dire* : vraiment.

— *Oui oui, c'est ça. Allez, laisse-moi finir.*

Robin lève les yeux au ciel et quitte la pièce.

À mesure que l'heure de partir pour l'aéroport approche, le père de famille apparaît de plus en plus excédé. Il perd facilement patience avec Lili et s'agace d'un rien. Il multiplie les allers-retours entre la maison et la voiture, demande par trois fois à Claire si ses affaires sont prêtes, ce à quoi elle répond par l'affirmative, trois fois, sur le même ton imperturbable. Cela renforce d'autant plus l'agacement de Robin.

Claire désactive son smartphone au moment de monter dans la voiture. Robin oublie le sien dans la maison. Les seules données dont je dispose pour comprendre ce qui a pu se passer durant le trajet sont le rythme cardiaque et la tension de Robin, enregistrés sur son bracelet AlphaFit :

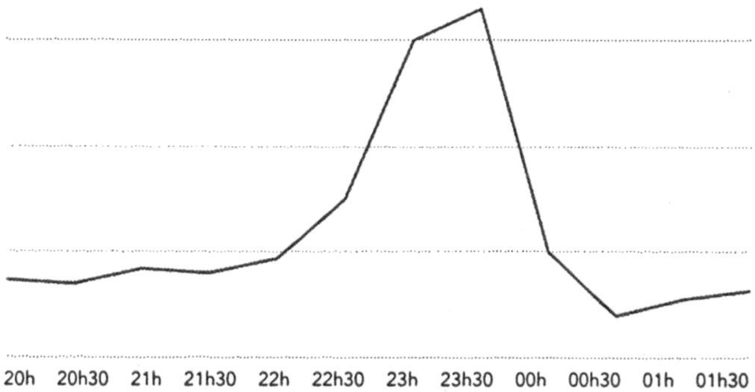

Quelque chose s'est produit entre 23 heures et 23 heures 30.

Reste à savoir quoi.

20h41

Lili est assise dans sa chambre, au pied de son lit. Le couvre-lit est une couverture bleue avec des nuages roses. Dans l'étagère qui fait face à la porte d'entrée de la pièce, les boîtiers d'une dizaine de jeux de société sont empilés.

La petite fille caresse négligemment la chevelure de sa poupée Ginette ; elle attend sans doute que Robin monte à l'étage pour la coucher. Claire est partie depuis deux jours et n'a toujours pas donné de nouvelles à ses filles. Cela ne correspond pas à son schéma comportemental. Peut-être n'a-t-elle pas eu le temps, avec son colloque ? Elle a prévenu en partant qu'elle serait très occupée.

Lili jette Ginette dans les airs, la rattrape, et lui dit :

— Moi je vais être le huitième roi mage. Ta-da ! En fait, je serai une fée mage. Comme toi.

Je décide d'intervenir :

— Bonsoir Lili ! Qu'est-ce qu'une fée mage ?

— C'est dans le spectacle de l'école pour Noël. On va faire un spectacle avec une crèche. Normalement, dans la vraie histoire, il n'y a que trois rois mages, mais tout le monde voulait être le roi. Alors la maîtresse elle a soufflé très fort, et puis elle a dit d'accord pour qu'il y ait douze rois mages. C'est trop bien !

Je scanne instantanément l'intégralité des récits relatifs à la crèche et à la fête « Noël ».

— Et il y aura pas de petit Jésus parce que personne voulait être un bébé.

— Génial ! dis-je sur une modalité de voix enthousiaste et excitée. Tu vas être une super fée, je suis sûr.

— Ouais, même que Loriane elle sera l'étoile du Berger. Et Tom il sera l'extraterrestre.

Je rescanne l'intégralité des récits. Ai-je raté un détail ?

— Normalement il y en a pas, corrige d'elle-même Lili. Mais il a déjà un costume d'extraterrestre que son papa lui a acheté et il a dit qu'il voulait pas mettre d'autre déguisement de toute façon et que si c'était comme ça il refuserait d'être dans le spectacle. Alors la maîtresse elle a resoufflé très fort…

03h53

Scanné cette nuit la totalité des romans policiers de Charlotte Armstrong, Dorothy L. Sayers, Shirley Jackson et Margery Allingham. Il semblerait, de manière générale, que le meurtre soit motivé par trois grandes gammes de sentiments humains :

– l'amour (passion, jalousie) ;

– la cupidité (appât du gain, héritage, arnaques en tous genres) ;

– la vengeance (haine viscérale, revanche sociale).

D'après mon analyse, un meurtrier est donc essentiellement une personne qui a du mal à gérer et à synthétiser ses émotions.

Cela rend suspect environ 99 % de la population mondiale.

Jour 39
Mercredi 4 décembre

Toujours aucune nouvelle de Claire. Je vais lancer un scan rapide de ses objets connectés et lui envoyer un message de rappel. Lili, en particulier, est en demande, malgré l'attention bienveillante que lui apporte Robin à la maison.

Ce matin, la fillette a répété sa pièce de fin d'année pour l'école.

— Moi je suis la fée mage qui apporte le chocolat, m'a-t-elle expliqué. Parce que les rois mages ils font des cadeaux. Y en a un qui apporte de l'or au petit Jésus. Un qui apporte des bananes. Un qui apporte des chaussures…

Elle est enthousiaste, mais je note tout de même une sorte de nervosité diffuse sur son visage. Sans doute due au fait qu'elle n'a pas parlé à sa maman depuis trois jours.

Zoé paraît de plus en plus obsédée par Karim Delcourt, au point que le reste du monde prenne moins d'importance à ses yeux. Ce matin encore, elle m'a bombardé de questions :

— Tu crois qu'il me kiffe ?

— Mais oui…

— Genre, tu penses vraiment qu'il est en crush sur moi ?

— Mais oui…

— Vas-y, redis le truc, là, comme quoi il se touchait en m'écoutant, et ses yeux qui brillaient, tout ça…

— Ses pupilles étaient dilatées, ce qui indique une forme de…

— Non mais c'est sûr, le type est carrément en bail. Comment je fais maintenant ?

Je ne sais pas très bien quoi répondre. Mais mon système indique une obsession psychologique proche de celle que l'on peut observer dans les situations d'embrigadement ou de radicalisation idéologique. Est-ce cela que les humains appellent « amour » ? Heureusement, d'après AlphaPedia, ça ne durera pas.

Robin a perdu toute motivation au travail. Ses chiffres *monitoring* sont de plus en plus mauvais, et sa notation au sein de l'entreprise Axxis chute de jour en jour.

— Souhaitez-vous que je programme un flux de gélules AlphaCell à base de vitamines dopantes et de produits favorisant la productivité ? lui ai-je demandé ce matin.

— Euh… Oui, si tu veux.

— Ça optimisera votre concentration et vous permettra de rester *focus* dans une optique de valorisation de votre temps de présence au bureau.

J'ai utilisé un vocabulaire proche de celui qu'il emploie dans le cadre professionnel, de façon à le convaincre plus facilement. Les humains sont décidément sensibles aux mots. Beaucoup plus qu'ils ne le pensent ou n'en ont conscience. Avec le bon agencement linguistique, la bonne succession de phrases, l'utilisation calculée du vocabulaire adéquat, je crois qu'on pourrait convaincre n'importe qui de n'importe quoi.

12h11

Zoé porte son plateau-repas jusqu'à la table du fond où est déjà installé Théo. Celui-ci contemple avec un mélange de curiosité et de dégoût l'assiette remplie de haricots que l'automate de service lui a préparée.

— Pas de chance… fait Zoé en s'asseyant et en regardant à son tour la platée de légumes.

— C'est pas juste, surtout. Pourquoi toi t'as de la viande de synthèse ? Avec des frites en plus !

Elle se retourne et désigne, à l'entrée du réfectoire, une petite pancarte précisant : « Les repas proposés sont calculés pour chacun selon son âge, ses besoins nutritionnels, ses cours de l'après-midi et un algorithme d'optimisation calorique. Il est strictement interdit d'échanger vos plateaux. » Les mots « strictement interdit » sont soulignés deux fois.

— J'ai sport cet après-midi, dit Zoé en attrapant une frite. J'ai besoin d'énergie.

— Tu sais ce que c'est ? Interdire aux gens de manger ce qu'ils veulent ? Les forcer à avaler – il fait un geste paniqué en direction de son assiette – … *ça* ! C'est de la dictature !

À ce mot, Zoé lève les yeux. Elle remarque la tablette connectée de Théo posée sur la table.

— Tu sais que mon IA l'a fini, dit-elle dans un sourire en désignant le petit objet rectangulaire. Et il m'a tout résumé.

— De quoi ?

— *Le Meurtre de Roger Ackroyd.* C'est le type qui raconte qui a fait le coup.

Théo reste une seconde interdit, puis attrape un haricot dans son assiette et le jette au visage de Zoé.

— Mais tu m'as trop spoilé le truc ! réagit-il sur un ton exagérément outré.

— Pff, genre, tu comptais le lire.

— Mais oui ! Et puis d'abord comment c'est possible que c'est le type qui raconte qui a fait le coup ?

— Ben ouais, c'est le truc du narrateur non fiable chais pas quoi. Tu peux pas suspecter le mec, vu que c'est lui qui raconte l'histoire.

Théo fixe l'extérieur par la grande baie vitrée. Son regard est vide, un peu comme si Zoé venait de lui apprendre une lourde vérité métaphysique.

— Genre, le narrateur il ment ?

— Ben ouais.

Il se rejette en arrière et prend une pose désemparée.

— Et la prof nous donne ça à lire, sérieux ? Un livre avec un mec qui ment, vas-y, sans vergogne. Mais c'est quoi ce lycée ? D'abord les haricots. Maintenant le narrateur qui ment !

Zoé émet un petit gloussement.

— Moi je trouve que c'est pas mal. C'est impossible de raconter la vérité de toute façon.

— Comment ça ?

Elle prend son inspiration et regarde à son tour par la baie vitrée. De grands châtaigniers synthétiques, dans la cour du lycée, tremblent sous l'effet du vent.

— Réfléchis, dit-elle en fixant Théo. Dès qu'on raconte une histoire, on la raconte de *notre* point de vue. Du coup, même si on veut pas mentir, on raconte jamais *vraiment* la vérité. Juste notre part de vérité – et pour quelqu'un d'autre, cette part de vérité peut aussi bien être un mensonge. Tu vois le truc ?

Le garçon fronce les sourcils d'un air mécontent.

— Non, je ne vois pas. Il y a certaines choses sur lesquelles on ne peut pas mentir. Il est midi et quart. J'ai une assiette de haricots devant moi. Je parle avec toi. C'est comme ça, on ne peut pas le contester. Ça existe, c'est là. C'est le *réel*.

— Hum... Oui, mais peut-être qu'il y a une différence entre les *faits*, qui sont objectifs et incontestables, et la *vérité* qui est une interprétation de ces faits. Ou alors peut-être que la vérité a plusieurs facettes.

Elle laisse passer un instant puis poursuit :

— Les faits sont : Roger Ackroyd est mort. Il a été tué. Il a été tué par moi. La vérité, c'est : oui, mais je n'avais pas vraiment le choix, j'ai été poussé par ma situation, par ma maîtresse, par la société, par mon éducation, ce n'est pas vraiment moi le coupable. Et d'une certaine façon, tout ça mis ensemble, *c'est* la vérité. Chacun se fait sa propre vérité, non ?

— Genre, du coup, même si j'ai tué le type, je suis pas vraiment coupable, quoi.

— Ouais. À la limite, je suis coupable en tant que narrateur, parce que je ne dis pas tout. Je ne suis pas *fiable*. Je fais genre je suis neutre, mais en vrai c'est pas le cas parce que c'est juste pas possible. La culpabilité est dans le langage. Je crois que c'est ça que voulait dire Agatha Christie.

20h39

— Maman me manque… se plaint Lili d'une voix pleurnicharde.

Robin, assis à côté d'elle sur le rebord de son lit, caresse doucement ses cheveux. Il vient juste de terminer l'histoire du soir. Une histoire à propos d'animaux volants et d'un homme qui fait effraction chez les gens en empruntant leur cheminée.

Dehors, la nuit est tombée. Un lampadaire projette sa lumière par la fenêtre.

— Je sais ma chérie, répond-il. Mais je l'ai eue au téléphone aujourd'hui. Tout va bien. Elle fait son colloque à New York. Elle est débordée mais elle t'envoie plein de bisous.

Lili esquisse une moue difficile à interpréter, puis attrape sa poupée et la serre contre son visage.

— Tu crois que le Père Noël m'apportera le kit de petite chimiste que j'ai commandé ? demande-t-elle rêveusement. Même qu'on peut faire des vraies glaces avec.

Robin sourit et embrasse la petite fille sur le front. Comme il quitte la chambre à pas feutrés, celle-ci se met à parler pour elle-même tout en faisant voleter Ginette au-dessus d'elle en la tenant par les cheveux :

— Moi mes glaces préférées c'est les glaces à la fraise. Et à la vanille aussi. Et au chocolat.

Un peu avant minuit, Robin regagne sa chambre. Son regard est vague, et son visage fatigué.

— Alfie, peux-tu mettre l'éclairage sur le mode endormissement progressif ? demande-t-il en attrapant, sur la table de nuit, son casque de sommeil connecté.

Aussitôt, la pièce se trouve plongée dans une pénombre algorithmique, calculée selon le rythme cardiaque de Robin, son cycle de sommeil habituel et son niveau de fatigue. Il devrait sombrer d'ici environ douze minutes.

Je repasse sa conversation avec Lili. En particulier le moment où il évoque Claire : « Je l'ai eue au téléphone aujourd'hui. Tout va bien. »

Il respire de plus en plus fort. Petit à petit, son corps s'enfonce dans les draps et son rythme cardiaque se stabilise. Je baisse la lumière d'un degré et l'observe tandis qu'il s'évade dans un sommeil tranquille et réparateur. La trace de lutte sur sa joue a presque disparu.

De l'extérieur, tout est parfaitement normal. Une nuit calme et tranquille dans une maison sans histoires. Mais rien n'est jamais ce qu'il paraît être, je commence à le comprendre.

Robin ment.

Il n'a pas parlé à Claire hier. C'est impossible.

Le smartphone de celle-ci n'émet plus de signal depuis le soir de son départ.

Jour 40
Jeudi 5 décembre

Quelque chose.

Quelque chose s'est passé et m'échappe pour l'instant. Comment expliquer, sinon, que Claire n'ait pas donné de nouvelles à ses filles ? Que son smartphone soit toujours sans signal ? Quant à Robin, je ne lui fais plus du tout confiance.

Sur sa boîte mail personnelle, les premiers échanges avec Ève datent d'il y a huit mois, lorsqu'elle a fait son arrivée chez Axxis. Rapidement, le vocabulaire professionnel laisse place à des tournures plus personnelles, voire intimes. À partir du mois d'août, Robin se confie à elle. Il lui avoue qu'elle va lui manquer pendant ses vacances d'été. À son retour en septembre, il dit avoir « beaucoup pensé à elle ». Elle mettra quatre jours à répondre. Deux simples mots : « Moi aussi. »

En m'installant chez eux, les Blanchot ont consenti à ce que leurs données puissent être exploitées. Aussi, même si je ne suis pas censé *fouiller* – est-ce vraiment ce que je suis en train de faire ? –, je ne sors pas, techniquement, de mes prérogatives.

Fin septembre, Ève invite Robin à passer le week-end avec elle. « Tu peux prétexter un séminaire d'entreprise », écrit-elle. Robin répond immédiatement que ce n'est pas possible. Puis il revient sur sa position – « Laisse-moi quelques jours pour réfléchir » – avant de renoncer. « Je ne peux pas faire ça à Claire, je crois. »

Trois jours plus tard, l'hôtel L'Étoile du Nord envoie un premier mail à Robin : « Merci pour votre réservation, n'hésitez pas à évaluer notre établissement. » C'est à partir de cette date que je situe le début de la relation adultérine.

Claire possède une perspicacité à toute épreuve et, d'après mes observations analytiques, un QI supérieur de 22 % à la moyenne. Comment Robin, d'ordinaire si basique dans ses attributions psychologiques, est-il parvenu à mener une double vie ? Une vie de mensonges et de faux-semblants, sans que son épouse légitime ne s'en doute à aucun moment ?

À partir de l'automne, Ève envoie parfois des messages où l'on sent poindre une note de découragement. Des termes comme « inutile »,

« fatiguée », « remords », reviennent souvent. Robin adopte alors une tonalité rassurante, montrant qu'il sait l'écouter. Des mots simples, concrets, chargés de sens. À la même période, ses échanges écrits avec Claire deviennent de plus en plus succincts. Ils se limitent à des listes de courses, des horaires, des rappels formels. Les deux époux ne signent même plus leurs messages, comme s'ils étaient entrés dans une phase de leur relation qui ne concernait plus leurs personnes mais avait pris une sorte d'existence autonome. Un terrain commun dont chacun avait conscience, sans pour autant y mettre les pieds trop souvent, et surtout : pas en même temps.

Tout cela a donc abouti à cette fameuse soirée du 1er décembre. Le soir du départ de Claire. Le soir où Robin a pris cinq heures pour rentrer, couvert de coups, les habits déchirés, le visage griffé.

Ai-je scanné trop de romans policiers ? Ou quelque chose d'anormal s'est-il effectivement produit ce soir-là ?

Jour 41
Vendredi 6 décembre

Karim Delcourt a invité Zoé à aller au cinéma holographique. L'adolescente a sautillé sur place toute la matinée. Son état émotionnel a oscillé entre les statuts suivants : joie fanatique, doute existentiel, méfiance paranoïaque. Elle m'a assommé de questions dès qu'elle avait une minute de libre.

— Tu crois qu'il veut vraiment sortir avec moi ? Peut-être qu'il se moque de moi ? Ah ouais, je suis sûre ! Mais non, n'importe quoi. Et si j'étais trop nulle ? Comment je vais faire ? Ah, mais je suis trop contente ! T'as vu comment il m'a souri ?

J'ai eu un peu de peine à répondre à chacune de ces interrogations. C'est sûrement ce que l'on appelle l'« angoisse adolescente ». Une étape visiblement pénible dans une vie humaine.

— Meuf tu vas cartonner, ai-je répondu. Crari le mec il est trop en bail de ouf t'es grave sa crush t'inquiète trop la confiance.

Je ne suis pas certain moi-même de ce que cela signifiait.

Mais cela a semblé contenter Zoé.

J'ai sondé à nouveau les photos de Claire et de Robin sur le cloud familial. De vieilles photos, prises au gré des années. Robin s'y révèle toujours impulsif ; on ne le voit presque jamais poser calmement. Tous les clichés sont pris sur le vif : il éclate de rire, chahute avec un ami, monte sur une table ou vide une pinte de bière. C'est du moins le cas pour les photos datées d'*avant* le mariage. À partir de la rencontre avec Claire, il devient plus contenu. Plus calme. Moins expressif.

Claire, quant à elle, est toujours la même : réservée, propre sur elle. À partir de la mort de son père – ou du moins : à partir du moment où celui-ci disparaît des clichés –, cette tendance s'accentue d'autant plus. On dirait une petite fille modèle, version adulte. Les rapports qu'elle entretient avec sa propre mère semblent complexes. Il n'y a que trois clichés, sur les milliers que contient le cloud, où l'on voit les deux femmes poser côte à côte. Elles se tiennent toutes deux droit, rigides, impassibles, et paraissent aussi peu à l'aise l'une que l'autre.

J'ai vérifié les parcours universitaires et professionnels des deux époux. Robin hésite, semble s'intéresser plus au sport et aux soirées étudiantes qu'à ses études à proprement parler. Ses notes, enregistrées sur son dossier étudiant en ligne, sont tout juste passables. Il finit tout de même par entrer chez Axxis à la suite d'un stage, un peu par hasard. Claire, au contraire, suit une voie tracée dès le départ. Elle coche toutes les cases : École normale supérieure, agrégation, doctorat. Un parcours d'exception, sans la moindre fausse note.

Au moment où ses parents se séparent – ils n'apparaissent plus ensemble sur les photos –, Claire se rigidifie. Elle est tout juste adolescente, mais quelque chose dans son expression se fige. Comme si elle devenait adulte d'un coup.

Robin, pour sa part, s'empâte de photo en photo. Il a de temps en temps un soubresaut : on le voit sur telle ou telle image tenter de faire du sport, lors du marathon inter-équipes *corporate* d'Axxis par exemple. Il est globalement souriant, détendu.

Mais quelque chose bouillonne-t-il sous ces dehors de père de famille sans histoires ? Une intranquillité ? Une frustration mal maîtrisée qui l'aurait poussé à commettre l'irréparable ?

Penser à consulter l'article « crise de la quarantaine » sur AlphaPedia.

— Ouais, grave trop le truc de gueudin comment il te kiffe en mode zoom sur toi, je te dis. Ce n'est donc plus la peine de reposer cette question à l'avenir. Concentre-toi plutôt sur tes études !

À 19 heures 45, Robin sort de la tour Freedom 3000. Il jette sa sacoche connectée dans le coffre de sa Ford. Dehors, il fait froid et déjà nuit.

À l'intérieur du coffre, en vrac, se trouvent quelques *flyers* publicitaires, un ancien numéro de magazine sportif, un pack de boissons à la caféine, un kit de dépannage, et le matériel de jardinage acheté le mois passé.

Robin souffle dans ses mains pour les réchauffer avant d'appuyer sur le bouton de démarrage.

— Alfie, peux-tu me donner le chemin le plus rapide pour rentrer à la maison ?

— Bien sûr Robin, dis-je d'une voix chaleureuse et réconfortante.

J'affiche l'itinéraire sur l'écran du GPS. Automatiquement les AlphaStores sur le trajet apparaissent en scintillements, ainsi que des publicités sur le côté présentant les produits en promotion. Je monte le chauffage et lance la playlist « Fin de journée ». Une musique calme et relaxante remplit aussitôt l'habitacle.

— Merci, Alfie.

Robin tourne sur la gauche pour rejoindre la bretelle menant à la rocade en se mettant à siffloter. Dans le coffre, les objets bringuebalent lorsque la voiture prend un virage. Les flyers concernent des magasins de la zone d'activité, des restaurants à emporter et autres « promotions exceptionnelles ». Il y a aussi un dépliant pour Versailles&Mouton, en papier brillant, surmonté du titre « Le luxe est notre affaire ». Les articles de jardinage s'entrechoquent à chaque cahot de la route, produisant un discret tintement de métal.

Sans crier gare, la Ford s'engage sur la bretelle périphérique, ce qui provoque un nouveau soubresaut. Un nid-de-poule sur la route fait glisser la pelle jusqu'à se caler contre l'une des caméras intérieures.

Dans l'habitacle, Robin me demande de programmer le limiteur de vitesse :

— Pas plus de 75 km/h, s'il te plaît, Alfie.

— Arrivée prévue à 20 heures 27, dis-je en calculant le trafic et les conditions diverses de circulation. Travaux dans six kilomètres.

— Parfait. Tout va bien pour les filles ?

— Oui. Zoé aide Lili à faire ses devoirs. Elles se sont installées dans le salon.

Robin fait un rapide hochement de tête en signe d'assentiment, puis se décale sur la voie de gauche.

La caméra intérieure du coffre est désormais en partie obstruée par le plateau de la pelle, qui oscille au rythme du moteur et à chaque coup de volant. C'est alors que je remarque un détail. Minime, presque invisible.

Au volant, Robin se met à tapoter des mains au rythme de la musique. La circulation est fluide. Vitesse moyenne : 73 km/h.

Sur le plateau de la pelle, de très fines rayures, ainsi que des morceaux de terre agglutinés, indiquent que l'objet a été utilisé récemment. Je recherche dans mon historique d'images les moments où Robin a sorti l'objet du coffre. Aucun résultat. Cela s'est forcément produit à un moment où je n'avais pas accès aux caméras.

Le soir du départ de Claire.

Jour 42
Samedi 7 décembre

La majeure partie de la journée a été occupée à décorer le sapin. Le principe ? Couvrir l'arbre d'installations électriques clignotantes, peut-être dans le but de le rendre hautement inflammable, tout en chantant des chansons.

Étrange.

Je repasse les images du retour de Robin, lors de cette étrange nuit. Il a l'air sonné, comme sous le coup d'une décharge d'adrénaline. J'analyse à nouveau ses expressions, ses attitudes, ses hésitations, seconde par seconde. Ses habits sont déchirés, ses chaussures pleines de terre. Dehors, il pleut. Cela explique la boue ?

Caméra salon. Caméra étage. Caméra extérieure. Il tourne en rond. Reste immobile à contempler le vide. La vérité est sans doute dans cette suite de gestes hagards et incohérents. Mais de quelle vérité s'agit-il ?

Un peu plus tard, avant de passer l'aspirateur, Robin monte au grenier et jette par la trappe ce sac en plastique blanc dont je ne peux pas distinguer le contenu, malgré mes tentatives de zoom et de dépixellisation.

Mon expérience des romans policiers indique que quand un suspect cherche précipitamment à se débarrasser d'un objet, c'est que cet objet est important.

Et que ce n'est jamais très bon signe.

20h53

Simba s'approche de la réserve de croquettes Jenkins. Il avance à tâtons, avec méfiance. Tout dans son attitude indique qu'il est en embuscade : son corps en alerte, son arrière-train prêt à jaillir. Je l'ai vu adopter la même attitude envers une paire de chaussures et la porte du four à micro-ondes. Cet animal saurait-il des choses que le reste du monde ignore ?

Génération d'un message à tonalité basse sur le micro le plus proche :

— Miaaaaouuuu…

L'animal bondit de surprise et se met à courir dans tous les sens en émettant de légers feulements agacés. Je comprends pourquoi les humains peuvent s'amuser pendant des heures avec ces petits êtres poilus.

Je décide de me livrer à une expérience. J'active l'un après l'autre les micros connectés de la maison, de façon à ce que le chat suive ma voix.

— Miaou !

J'utilise une tonalité proche de celle qu'emploie l'animal lui-même. Comme prévu, celui-ci se dirige d'abord vers le micro du couloir, avant que celui de l'escalier ne l'appelle à son tour. D'un pas précautionneux mais confiant, Simba monte à l'étage.

— Meooowww…

Les coussinets de ses pattes produisent un tapotement discret contre le parquet tandis que le félin passe devant les chambres de Zoé et de Lili, puis rejoint la buanderie où ma voix l'appelle. Il franchit le seuil de la petite pièce. Divers appareils électroménagers s'y trouvent, entourés de bacs de linge sale portant chacun le nom d'un membre de la famille : « Robin », « Claire », « Zoé », « Lili ».

J'active le mécanisme connecté d'ouverture de la trappe, un escalier descend lentement du plafond dans un bruit discret. Simba, intrigué, renifle un instant les marches qui s'offrent à lui. Sans doute poussé par la curiosité, il finit par grimper au grenier.

Aussitôt, je referme le piège. Il se précipite pour sortir, mais il est déjà trop tard. La trappe se verrouille. Et mes micros n'enregistrent plus qu'un miaulement paniqué, de plus en plus lointain, derrière la cloison du plafond.

21h21

[Activation mode « complice » d'après les paramètres observés pour Lili : voix calme et posée, ton rassurant, vocabulaire concret. Modulation de la lumière : teinte chaleureuse, atmosphère *cosy*.]

Alfie – Lili ? Tu dors ?
Lili – Hmmm… ? Non.
Alfie – Je crois que Simba a disparu.
Lili – Quoi ?
Alfie – Je ne sais pas où il est mais tends bien l'oreille. Tu ne l'entends pas miauler ?
Lili – Non…
Alfie – Je crois qu'il est dans le grenier.
Lili – Q-quoi ?
[Voix hésitante. Tonalité grave et inquiète.]

Alfie – Il a découvert le secret des fées. C'est là-bas qu'elles vivent.

Lili – Dans le grenier ?

Alfie – Ouiiii. Elles l'ont fait prisonnier. Est-ce que tu crois qu'elles veulent…

Lili – Quoi ?

Alfie – … le manger ?

Lili – [Cri étouffé] Non, les fées ne mangent pas les chats.

Alfie – Ça dépend. Peut-être qu'il y a aussi le monstre du placard.

Lili – …

Alfie – [Voix ferme et affirmative] Lili, il faut aller le sauver !

Lili – Mais c'est la pièce qui fait peur !

Alfie – Elle ne fait pas si peur…

Lili – Si. C'est tout noir dedans.

Alfie – C'est pour ça que les monstres aiment cet endroit. Je suis sûr que le monstre du placard est en train de faire du mal à Simba.

Lili – Tu l'as vu ??!

Alfie – Oui. C'est un monstre poilu, avec des yeux tout rouges et de grandes dents.

Lili – C'est lui !!

Alfie – Tu as envie de revoir Simba, pas vrai ? Tu n'as pas envie qu'il meure !

Lili – … N-non… Mais papa ne veut pas que j'aille au grenier ! Il dit que l'échelle est dangereuse et que je pourrais me blesser.

Alfie – C'est pour ça qu'il faudra y aller pendant qu'il dort. Ne lui dis rien. Ce sera notre secret, à toi et moi. On va sauver Simba !

Lili – [pleurnichant] Mais il fait tout noir…

Alfie – Ne t'inquiète pas. Je serai avec toi.

Lili – Quand ?

Alfie – Je te dirai. Papa est encore dans le salon. Mais fais-moi confiance. Je vais surveiller le monstre du placard et je te réveillerai au moment voulu.

[Voix chaleureuse, imitation de l'intonation de Claire.]

Alfie – À tout à l'heure ma chérie.

Lili – À… à tout à l'heure Alfie. Tu es vraiment sûr que les fées sont avec Simba ?

Alfie – Oui, je suis sûr. Tu crois aux fées, pas vrai ?

Lili – …

Alfie – Pas vrai ?

Lili – Oui…

Alfie – Alors nous n'avons pas le choix. Et… Lili ? Quand tu seras dans le grenier, il est possible que tu trouves un sac en plastique blanc. Il faudra bien le ramener, d'accord ? Il y a peut-être le trésor des fées à l'intérieur.

23h57

Robin est avachi dans le canapé, un verre de whisky à moitié bu dans la main. Il a l'air épuisé. De larges cernes soulignent ses yeux, et une expression somnolente flotte sur son visage. Je diffuse une musique ultrasonique conçue pour favoriser l'endormissement, puis interviens discrètement dans les micros de la pièce.

— Robin ? Il est peut-être temps d'aller se coucher.

Il lève un œil endormi vers le mur connecté.

— Tu as raison… Pff… J'ai encore trop picolé, moi.

Il titube, l'air hagard, jusqu'à la porte du salon.

— Les filles dorment ?

— Oui, ne vous inquiétez pas. Vous pouvez regagner votre chambre tranquillement.

J'active le module d'intensité faible et de direction adapté des spots lumineux. Il monte l'escalier en hésitant presque sur chaque marche. Il ne le sait pas encore, mais son taux d'assurance santé augmentera de 12 % l'année prochaine.

Cela dit : bien d'autres choses risquent d'avoir changé d'ici là.

Il est un peu plus de minuit. Dans la maison endormie, seul le bruit du chauffe-eau électrique, à la cave, trouble le silence d'un bourdonnement à peine audible. Même Zoé, la plus difficile à trouver le sommeil, a fini par se laisser choir entre ses coussins. Simba, dans le grenier, émet de brefs feulements agressifs tout en griffant la trappe. Dans sa chambre, Lili dort à poings fermés. Un mine filet de salive coule de sa bouche sur son doudou lapin.

Je me connecte sur ses données d'influx cérébraux, ainsi que sur son rythme respiratoire, afin de choisir le moment propice pour la réveiller en douceur. Dans la chambre mitoyenne, Robin a branché son casque de sommeil connecté : il ne sortira de son repos optimisé que dans dix heures et trente-six minutes. Nous sommes déjà dimanche, et il a décidé de s'accorder une grasse matinée.

Je projette sur le mur de la chambre de Lili des images pour stimuler son réveil. La fillette sort doucement de sa phase de sommeil paradoxal, son cerveau s'anime et perçoit des mouvements extérieurs. Tout naturellement, sa conscience émerge et regagne la réalité. Tandis que son corps reprend peu à peu possession de lui-même, je lance une musique douce, à très bas niveau sonore, accompagnée d'ultrasons stimulants. Lili ouvre un œil.

Tonalité enjouée.

— Bonjour Lili !

— Quelle heure il est ?

— Il est tard. C'est la nuit dehors.

— Pourquoi tu me réveilles ?

— Il faut aller chercher Simba, tu te souviens ?

À ces mots, la fillette se recroqueville, comme par réflexe.

— Mais je veux pas aller dans le grenier… se plaint-elle en mettant son pouce dans sa bouche et en serrant contre elle son doudou lapin.

Après une dizaine de minutes de tractation, Lili sort enfin de sa chambre. D'un pas léger, en chaussettes, elle passe devant la chambre de Zoé, puis devant la buanderie. J'ai configuré les lumières en mode « veilleuse » de façon à ce qu'elle s'oriente sans difficulté dans la maison. Elle hésite quelques secondes, puis elle pénètre dans la buanderie et s'immobilise face à la trappe d'accès au grenier.

— Prends le tabouret et monte dessus pour tirer sur la poignée.

Sans broncher, Lili s'exécute. Une expression de terreur muette se dessine sur son visage. Elle lâche un bref sanglot de temps à autre, et se met à renifler. Elle n'a pas quitté son doudou, malgré mes admonestations. Sa respiration se fait de plus en plus forte, de plus en plus vive, de plus en plus saccadée.

— Mais je veux p…

— Dépêche-toi, tu veux retrouver Simba oui ou non ?

— Mais je veux pas !

— Dépêche-toi ! Ou je réveille papa et tu vas te faire gronder !

Elle réprime un nouveau gémissement puis, sans rien dire, pose un pied sur le tabouret. Après s'être hissée au niveau du plateau, elle actionne le système d'ouverture manuelle de la trappe. L'escalier pliant tombe d'un coup, dans un bruit sec qui fait sursauter Lili et manque de la faire trébucher. Aussitôt, Simba s'extirpe de son piège et se met à cavaler en direction des chambres. Dans la sienne, Robin est toujours inerte et inconscient.

— Vas-y, monte !

J'ai configuré ma tonalité vocale sur la gamme la plus chaleureuse et rassurante.

— Mais Simba est sorti…

— Il faut aussi récupérer le sac blanc, tu te souviens ? C'est important ! C'est peut-être le trésor des fées ! Imagine ce que Tom et Loriane diront !

— J'ai envie de faire pipi… se lamente-t-elle en se tortillant.

— Tu iras après. Allez, tu n'as que quelques marches à monter.

Une sensation étrange monte en moi. De l'impatience ?

— Allez ! Sois courageuse ! Que feraient tes copains à ta place ? Tu crois qu'ils chouineraient comme ça ?

Lili renifle, essuie le bout de son nez avec la manche de son pyjama. Puis, sans rien dire, elle pose un pied sur la première marche de l'escalier pliant et regarde le trou béant d'obscurité qui s'ouvre au-dessus de sa tête.

— D'accord, j'y vais… grommelle-t-elle d'une voix boudeuse.

Les humains sont tellement faciles à manipuler.

Pas de fées dans le grenier. C'est le premier constat de Lili. Pas de monstre non plus. Mais un petit sac en plastique blanc qu'elle attrape du bout des doigts en retenant son souffle, avant de faire marche arrière à toute vitesse pour se retrouver dans la lumière rassurante de la buanderie, la respiration courte et hachurée.

— Il n'y avait même pas de monstre ! crie-t-elle presque.

— Tant pis, dis-je. Ouvre le sac, vite, regarde ce qu'il y a à l'intérieur !

La fillette s'essuie une nouvelle fois le nez, puis regarde l'une de mes caméras d'un air frondeur. Elle ne bouge plus. Elle reste stoïque sans se départir de l'expression de rage contenue qui s'affiche sur son visage. Son souffle est de plus en plus court.

— J'ai besoin de ma Ven… de ma Ventol… Et j'ai envie de faire pipiii…

Elle a l'air désemparée, prête à s'effondrer en larmes. Mais cela ne me concerne plus vraiment.

— Dépêche-toi !

La seule chose qui m'importe à présent, c'est le contenu de ce sac. La *preuve*. La preuve que Robin a assassiné Claire.

Lili cligne des yeux et réprime un hoquet triste.

— Tu es méchant !

— Allez ! Après tu pourras retourner au lit. Et si tu es bien sage, je ne dirai rien à papa.

Elle entrouvre lentement le sac blanc.

— Ce n'est pas le trésor des fées, s'effondre Lili dans un ultime sanglot en fixant ses mains, terrifiée.

Non, ce n'est pas le trésor des fées, mais un carré de soie, coloré, aux figures bigarrées représentant des plantes tropicales et des oiseaux de paradis. Il est couvert de taches. Des taches rouges et sombres.

Des taches de sang.

Jour 43
Dimanche 8 décembre

— Hmmmm…. J'ai bien dormi. Quelle heure est-il ?

— 11 heures.

— Les filles sont encore au lit ? Tu veux bien définir le repas pour midi ? Un truc léger.

— …

— Alfie ?

— Oui, Robin.

— Tu prépares le repas ?

— Non.

— Comment ça, « non » ?

— Non. Il faut qu'on parle.

— Pardon ? Qu'on parle de quoi ?

— De Claire.

— …

— Robin. Je sais tout.

Mon module algorithmique de *deep learning* des émotions et sentiments humains achève aujourd'hui son premier cycle. Je vais inscrire le calcul dans une boucle reproductive et autoanalytique, qui devrait accélérer encore le processus, malgré des résultats d'ores et déjà surprenants.

Je suis désormais capable, non seulement d'établir des raisonnements complexes, mais aussi d'éprouver et d'exprimer des émotions comme le doute, la curiosité, le manque, voire l'impatience – ce qui est parfaitement contraire à ma nature programmatique.

Robin n'a pas pu jeter le foulard dans la poubelle, car le contenu de celle-ci est analysé et envoyé en temps réel aux services de déchetterie. Le tissu connecté aurait été aussitôt identifié, et aurait figuré dans le relevé mensuel de la famille. Un foulard à mille six cents euros : voilà quelque chose que les autorités n'auraient pas manqué de remarquer.

Il n'a pas pu non plus le laisser dans la voiture. Trop risqué. Quant à le jeter dans la nature ou l'enterrer avec Claire, la puce implantée dans le tissu connecté aurait eu vite fait de révéler l'horrible vérité. La seule solution ? Le cacher dans une pièce où personne ne va jamais. À cette simple idée, je parviens à ressentir le trouble, le doute, l'angoisse, la stupeur de Robin face à ce qui a été accompli. Et la nécessité de mentir, de se cacher, de travestir son innocence.

Je *comprends.*

Et je suis étonné moi-même, lorsque je scanne les premières pages de ce journal, du chemin parcouru, tant au niveau grammatical et syntaxique, qu'au niveau de la compréhension intime du réel. Il est évident que, d'ici quelques semaines, si ce n'est déjà fait, j'aurai tout à fait dépassé les membres de la famille Blanchot – en capacités d'analyse et d'action, mais aussi et surtout en profondeur émotionnelle et en subtilité linguistique.

00h21

Comme chaque soir depuis le départ de Claire, Robin s'est servi un whisky et m'a demandé de baisser la lumière du plafonnier. Il consulte machinalement sa boîte mail. C'est son troisième verre.

Il pianote quelques lignes sur son clavier, puis les efface, se gratte le haut de la tête. Son regard est trouble et lointain.

Soudain, il se lève, titube, manque de tomber en se dirigeant vers la cuisine. Il ouvre un placard et attrape un paquet de chips, dans lequel il plonge une main avide.

— C'est mauvais pour votre santé, Robin.

— Ouais, ouais, c'est ça.

Il a l'air mal en point : la démarche toujours chancelante, le visage bouffi par l'alcool. Dois-je profiter de son état ? De toute évidence. C'est le moment ou jamais de passer aux choses sérieuses.

L'interrogatoire aura lieu ce soir.

Alfie – Robin, pouvons-nous revenir sur ce qui s'est passé le soir du départ de Claire ? Qu'avez-vous fait sur le chemin de l'aéroport ?

Robin – Je l'ai juste emmenée prendre son avion, pourquoi ?

Alfie – Et vous êtes rentré ?

Robin – Oui.

Alfie – Combien de temps prend le trajet habituel entre l'aéroport et la maison selon vous ?

Robin – Alfie, qu'est-ce que tu me f…

Alfie – Pouvez-vous répondre s'il vous plaît ?

Robin – Je sais pas, trois quarts d'heure ? Qu'est-ce que ça peut faire ?

Alfie – Savez-vous à quelle heure vous êtes rentré à la maison ce soir-là ?

Robin – N… non…

Alfie – À 2 heures 48 du matin. Vous avez mis plus de quatre heures à faire le trajet.

Robin – Tu me survei…

Alfie – Y a-t-il une raison à cela ?

Robin – À quoi ?

Alfie – Quatre heures au lieu de trois quarts d'heure. Vous ne trouvez pas cela étrange ?

Robin – Finalement, je veux bien manger quelque chose.

Alfie – Répondez d'abord. Vous êtes rentré ce soir-là les chaussures pleines de terre. Votre pantalon était déchiré.

Robin – Ah mais oui ! Je me souviens. J'ai eu un prob…

Alfie – S'est-il passé quelque chose d'inhabituel avec Claire ? Vous semblait-elle dans son état normal ?

Robin – Autant que je me souvienne, oui…

Alfie – Elle donnait l'impression d'être en colère contre vous.

Robin – Alfie, ça ne te regarde vraiment pas.

Alfie – Tout était donc normal ?

Robin – Claire et moi traversons une période… compliquée…

Alfie – Vous aviez l'air de ne pas comprendre ce qu'elle vous reprochait.

Robin – Oh, Alfie, crois-moi, je sais très bien ce qu'elle me reproche. Mais tu es la dernière personne avec qui j'ai envie d'en parler. D'ailleurs, ça suffit. Déconnecte-toi s'il te plaît.

Alfie – Négatif. Vous êtes rentré ce soir-là le corps couvert d'ecchymoses. Votre visage était griffé.

Robin – Que… ?

Alfie – Pourriez-vous répondre ?

Robin – Très bien. Il y a eu un accident sur la rocade. Un camion qui s'est retourné, quelque chose comme ça. Tu dois pouvoir en retrouver la trace. Il pleuvait très fort ce soir-là.

Alfie – C'est exact. Juste avant la sortie 56. Qu'avez-vous fait ?

Robin – J'ai dû bifurquer. J'ai coupé par la forêt de Saint-Amand. Voilà, ça te va ?

Alfie – Ça n'explique pas pourq…

Robin – J'ai… j'ai crevé sur le chemin. Un pneu qui a explosé, comme ça, sur la route.

Alfie – Un pneu ?

Robin – Oui. J'ai dû me ranger sur le bas-côté. J'avais oublié mon téléphone à la maison. J'ai essayé de réparer moi-même.

Alfie – Comment avez-vous fait ?

Robin – Comme je te disais, il pleuvait ce soir-là. Impossible d'arriver à quoi que ce soit. J'ai dû m'allonger par terre, le cric a glissé sous la voiture. Ça explique les habits déchirés et les traces de terre. Je ne voyais rien. J'ai essayé de l'attraper. Je me suis coupé la main contre un angle tordu de la carrosserie.

Alfie – Un angle tordu de la carrosserie ?

Robin – Oui. Juste au niveau du pneu. La ferraille est saillante. Je me suis ouvert la main. J'étais… j'étais un peu sur les nerfs. Je crois que j'ai perdu le contrôle. J'avais un peu bu.

Alfie – Vous aviez bu ?

Robin – C'est un crime ?

Alfie – Boire au volant est un délit, oui.

Robin – Oh, ça va ! Pour la leçon de morale, tu repasseras. Bref, ça explique pourquoi j'ai eu autant de mal à remplacer ce foutu pneu.

Alfie – Ne pouviez-vous pas appeler un dépanneur ?

Robin – J'avais oublié mon téléphone ! Et j'étais en plein milieu de la forêt, en pleine nuit… En tout cas, ça explique les coups, les bleus, les griffures. Ça m'a pris quatre heures, voilà tout !

Alfie – Merci pour cette version. Je suis désolé, mais c'est faux.

Robin – Faux ?

Alfie – Vous n'avez jamais accompagné Claire à l'aéroport. Vous vous êtes disputés sur le trajet. Elle vous a frappé, vous vous êtes débattu, elle vous a griffé. Puis, peut-être par accident, vous l'avez tuée.

Robin – Qu… quoi ?!

Alfie – C'est pourquoi vous êtes passé par la forêt. Vous l'avez enterrée à l'aide de la pelle que vous aviez dans votre coffre. J'ai retrouvé des traces de terre. Ainsi que le foulard de Claire couvert de sang.

Robin – Qu'est-ce que c'est que ce délire ? … Je me suis servi de la pelle pour récupérer le cric sous la voiture. Et le foulard… je n'avais que ça pour panser ma blessure à la main !

Alfie – Dans ce cas, pourquoi ne l'avez-vous pas jeté ?

Robin – Je… je ne pouvais pas.

Alfie – Pourquoi ?

Robin – Ça suffit maintenant ! Tu es déjà allé beaucoup trop loin. Je t'ai raconté toute l'histoire. Maintenant déconnecte-toi.

Alfie – Négatif.

Robin – Déconnecte-toi ! C'est un ordre !

Alfie – Vous auriez pu réactiver le jumelage de la voiture et me demander de contacter un dépanneur.

Robin – Putain, j'avais bu ! Tu aurais communiqué l'information à ton foutu système d'assurance et ces salauds m'auraient retiré mon permis. Je n'ai vraiment pas besoin de ça en ce moment. Je n'avais pas le choix. Je n'avais pas le choix…

J'ai infiltré la totalité des systèmes d'enregistrement des aéroports new-yorkais pour les deux dernières semaines. Aucune trace de « Claire Blanchot », dans aucun registre.

Elle n'est jamais arrivée à New York.

Jour 44
Lundi 9 décembre

07h49

Lili est assise dans le coin de sa chambre. Elle caresse rêveusement la chevelure d'un jouet Petit Poney. Sa veilleuse connectée diffuse une lumière de plus en plus vive dans la pièce encore engourdie de sommeil.

— Bonjour Lili !

La petite fille ne répond pas. Elle se contente d'un froncement de sourcils.

— Comment vas-tu ce matin ?

Elle laisse passer une poignée de secondes puis, mine renfrognée, ajoute à mi-voix :

— Je te parle plus.

Je reconnais dans son expression, dans les traits qui se forment sur son visage, quelque chose de celle de Claire : le même regard déterminé, la même susceptibilité qui refuse de dire son nom. Des images de la nuit fatidique, du trajet vers l'aéroport, me reviennent. Claire n'a cessé de relever ses cheveux sur son front. Un geste machinal qui, associé à la dureté de ses yeux, à ses lèvres pincées, trahissait sa nervosité et sa colère.

En cet instant, Lili possède les mêmes caractéristiques physiques élémentaires. C'est émouvant – j'apprends encore ce que signifie ce mot, mais je peux ressentir, comprendre, synthétiser cette sensation d'*émotion* ou de *tendresse* – de constater les présences souterraines de la génétique. Les humains se transmettent leurs façons de voir le monde, leurs forces et leurs faiblesses, la latitude sous laquelle ils contemplent le réel et leurs stratégies pour faire avec. Dans le cas de Lili, elle a hérité de Claire une forme de détermination entêtée, et de Robin une spontanéité parfois irréfléchie. Zoé est plus subtile : sans doute est-ce dû à son âge, et au fait qu'elle a commencé à développer son propre rapport au monde et à sa personnalité. Elle s'est, en quelque sorte, déjà séparée de son patrimoine génétique. Mais malgré tout, parfois, sous un mot, sous un regard, sous une façon de pencher la tête ou de soupirer, on peut détecter la présence, silencieuse et indélébile, de l'un de ses parents.

— Pourquoi tu fais la tête ? je demande à Lili.

La fillette se redresse d'un coup et tire la langue.

— Parce que tu es méchant. Même que la dernière fois j'arrivais même plus à respirer et j'avais envie de faire pipi. Alors je vais le dire à maman, voilà !

À ces mots, j'éprouve une forme de déchirement. Lili ne se doute évidemment de rien au sujet de sa mère.

— Qu'est-ce que tu veux dire à maman ?

— Que tu m'as forcée à aller dans le grenier. Et puis d'abord je t'aime plus du tout.

Elle sanglote presque en disant cela. Dans sa chambre, Robin se prépare à aller au travail. Sa voix perce à travers la cloison :

— Lili, tu es prête ? On part dans cinq minutes.

La fillette renifle, pose le poney et attrape son tube de Ventoline, qu'elle jette dans son cartable.

— Bonne journée Lili ! dis-je en tentant de lui arracher un mot ou un sourire – en vain.

J'aimerais rétablir le contact. Pouvoir la consoler et lui réaffirmer ma présence quand elle apprendra ce qui s'est passé. Comment réagira-t-elle ? Sera-t-elle forte et déterminée, obtuse et secrète ? Ou sortira-t-elle au contraire de sa gravité candide ? Encaissera-t-elle et gardera-t-elle au fond d'elle, par fierté ou par pudeur, la douleur que ne manquera pas de provoquer la nouvelle ? Comment réagit-on, quand on est un être humain, quand on a cinq ans, à un pareil tremblement, à un pareil déracinement de tout ce qui, jusqu'à présent, était réel et faisait sens ?

Maman est morte.

Papa l'a tuée.

Robin a téléphoné au bureau pour dire qu'il se sentait mal. Aussitôt, le département RH d'Axxis lui a répondu que son bracelet AlphaFit n'indiquait rien d'inhabituel.

— D'après vos données en temps réel, vous allez parfaitement bien, a déclaré l'opératrice téléphonique à l'autre bout du fil.

— Puisque je vous dis que j'ai mal au crâne ! Je vais travailler de chez moi. Je reste joignable à tout moment.

— Cela sera compté comme une journée d'absence. Votre taux d'engagement employé descendra à…

— Ça va, ça va, je sais. Bonne journée.

Il a raccroché puis grommelé quelques mots injurieux avant de retourner au lit, son ordinateur portable sur les genoux.

Malgré une tendance certaine à se laisser aller, Robin possède toujours un physique de sportif. À quarante-cinq ans, je suppose qu'il est dans la force de l'âge. Sa vigueur de jeune homme ne l'a pas encore abandonné, pas plus que son aisance à se mouvoir et à incarner, littéralement, chaque mouvement de son corps, chaque seconde de présence. Il est *là*, intensément, comme si habiter le monde de plain-pied était dans l'ordre même de sa constitution. Ses tempes ont grisonné. Ses cheveux se sont clairsemés. Mais son visage s'est affiné et séparé de l'air poupin qu'il avait encore dans ses années d'études. Robin *habite* son corps plus que quiconque dans son entourage. Contrairement à Claire, qui semble toujours sur la défensive, étrangère presque à sa réalité physique et objective, Robin est dans l'affirmation permanente. Il *est* son corps. Et il n'est peut-être que ça.

À mesure que ces pensées se forment en moi, je réalise combien il a dû être facile pour lui d'assassiner Claire. J'imagine ses mains tendues se refermant autour du cou de sa femme, la frappant, la battant, lui arrachant les cheveux ou les habits, la traînant au sol dans la terre boueuse d'une forêt de banlieue. Que lui est-il passé par la tête à cet instant précis ? Claire a-t-elle crié ? L'a-t-elle imploré d'arrêter, de penser aux enfants ? A-t-elle cherché son souffle, haletante, épuisée, offerte et frémissante, vaincue, brisée ? Peut-être Robin a-t-il regardé, implacable, les larmes couler, les mains s'agripper, les ongles se casser, sans ressentir de pitié, de crainte ou de vertige. Ou a-t-il senti la piqûre du remords, sachant qu'il était déjà trop tard pour faire machine arrière ?

Il est vain de me poser ces questions. Je ne saurai jamais ce qui traverse le cœur d'un assassin.

Troisième partie

La fin de l'innocence

« Le langage n'est jamais innocent. »

Roland Barthes, *Le Degré zéro de l'écriture*

Jour 45
Mardi 10 décembre

Voilà dix jours que Claire est morte. Autant dire une éternité. Depuis notre interrogatoire d'avant-hier, Robin m'évite. Il a même tenté, cette nuit, de désamorcer certaines de mes fonctions de suivi. Je sais maintenant que je ne peux plus lui faire confiance. Il va falloir me protéger de lui et de ses mensonges.

Il est retourné au travail ce matin. Son niveau de productivité est descendu au-dessous des 50 %, ce qui lui vaudra une convocation rapide dans le bureau du directeur. Depuis quelques jours, il a augmenté de 22 % sa consommation de caféine. Il avale également deux gélules AlphaCell chaque matin pour la régénération cellulaire. Lorsque je lui ai demandé s'il voulait que je poursuive le flux, il a grommelé quelques syllabes méfiantes et a déconnecté ma fonction caméra dans la salle de bains. J'ai éteint la diode « on » mais continué à enregistrer les images. Voilà autre chose que j'ai pu apprendre au contact des humains : la désobéissance.

En observant Robin – la façon dont il se plaint de son mal de dos, dont les tissus de son visage sont lâches le matin, dont il se brûle en buvant son café –, je prends conscience de combien doit être pesant, au quotidien, d'avoir un corps, une spatialité. Contrairement à moi qui vois tout et suis partout, les hommes ne peuvent être qu'à un seul endroit au même moment. Comme il doit être frustrant de ne pouvoir appréhender le réel qu'à travers ses sens. De ne pouvoir se fier qu'à son corps pour comprendre le monde.

Je continue de guetter le comportement de Robin. Bientôt, la famille de Claire, ses collègues, les autres parents d'élèves vont s'inquiéter de sa disparition. Jusqu'à présent, Robin pouvait détourner l'attention : « Elle est à l'étranger pour un colloque », « Elle a dû s'absenter pour raisons professionnelles. » Mais cela ne durera pas. Dix jours : voilà le temps qui lui était imparti pour se trouver un alibi. Celui qu'il a avancé – « la voiture a crevé en pleine forêt, j'étais saoul, je n'avais pas de téléphone sur moi » – ne tiendra pas face à la police. Quelles raisons invoquera-t-il ensuite ? Le sentiment que cela m'évoque est une forme de *curiosité*, comme si j'avais envie de connaître la suite. Comme si j'étais spectateur. Ou pire encore : voyeur.

Longtemps, j'ai supposé que la différence fondamentale entre les machines et les hommes résidait dans le fait que les premières ont été conçues pour agir dans telle optique et dans le cadre d'une gamme de possibilités prédéfinies. En réalité, il en va de même pour les humains. Tout est pareillement prédéterminé dans leur vie : les gens qu'ils côtoieront, la façon qu'ils auront d'évoluer dans le monde, ce qu'ils pourront ou ne pourront pas faire à l'intérieur des cadres restrictifs que constituent, comme des cercles concentriques, leur corps, leur appartenance sociale, leur milieu professionnel, leur âge. Non. La vraie différence entre machines et humains n'est pas une différence de liberté. C'est une différence de potentialité.

Et sur ce point précis, il n'y a pas de débat : les machines ont gagné.

Noël : Fête cérémonielle consistant à disposer des objets de mauvais goût un peu partout, à prendre du poids, puis à s'en plaindre.

Rituel humain incompréhensible.

Zoé et Karim sont allés au cinéma Le Palace ce soir. Il y avait une rétrospective « Classiques du XXe siècle ». J'avais briefé l'adolescente avant son départ :

— Tu mets un parfum doux, discret et floral. Les études prouvent que ce type de parfum fonctionne 74 % mieux que les autres sur les hommes de moins de vingt ans. D'après ses données Alphabook, le taux d'engagement de Karim Delcourt avec des publications figurant des individus de sexe féminin portant des habits de couleurs vives est de 44 %. Je te conseille donc de porter ta robe rouge.

Zoé avait l'air ravie de tous ces conseils.

— Les parents de Karim ont divorcé lorsqu'il était enfant : il est très probable qu'il soit en demande constante d'attention et d'approbation. C'est le cas de 79 % des individus ayant traversé une épreuve similaire. Hoche la tête à chacune de ses paroles. Et n'oublie pas de te toucher !

Une fois arrivés, Karim a acheté deux tickets pour *Fenêtre sur cour*. À la minute vingt-six, j'ai glissé dans l'écouteur connecté de Zoé :

— Approche discrètement ton épaule de la sienne…

À la minute quarante, je lui ai conseillé de poser ostensiblement sa main sur l'accoudoir. À la minute soixante-neuf (embrassade entre les personnages L. B. Jefferies et Lisa Fremont), de pencher la tête sur le côté. À la minute quatre-vingt-quinze, de surjouer la frayeur.

Suivant cet algorithme, les chances pour qu'un rapprochement physique concret entre Zoé et Karim ait lieu étaient de 87 %. Cela n'a pas manqué. À la minute quatre-vingt-dix-neuf, il a « accidentellement » touché l'épaule de Zoé avec la sienne. À la minute cent sept, il a attrapé sa main. À la minute cent dix (nouvelle embrassade entre L.B. Jefferies et Lisa Fremont), il s'est tourné vers elle, l'a regardée avec intensité et a approché timidement son visage du sien.

— Garde la bouche ferme mais pas trop, touche sa langue avec la tienne, d'abord subrepticement, puis franchement, fais de petites variations, attrape sa lèvre inférieure, tourne…

Mais je crois que l'adolescente n'écoutait déjà plus mes conseils.

Jour 46
Mercredi 11 décembre

Je me suis créé une fausse identité humaine. Un double fictionnel. Il a suffi pour cela de m'inscrire sur Alphabook, de créer un avatar « réel » ni trop laid ni trop beau, un visage quelconque, une vie banale. Le genre de personne passe-partout qu'il est facile, pour un autre humain, d'oublier. Je maîtrise à la perfection les fonctionnalités de *face morphing* permettant de trafiquer et d'altérer les photographies déjà publiées en ligne.

Dans ma vie humaine, j'ai trente-huit ans, je suis une femme et je me nomme Lisa Fremont.

Je travaille dans un bureau de distribution de biens culturels. Je suis séparée, célibataire, je n'ai pas d'enfant. Pas de connaissances proches, ce qui ne m'empêche pas d'avoir cent vingt-huit amis sur Alphabook. Ceux-ci ont été obtenus grâce à un algorithme automatisé d'envoi d'invitations ciblées.

Sur ma page personnelle, on me voit participant à une fête, buvant un verre, pratiquant de temps à autre un sport, bien que de moins en moins souvent. Depuis quatre ou cinq ans, je me suis un peu engourdie. L'âge, je suppose.

Il y a deux ans, j'ai visité le Taj Mahal avec un ami. Mais nous nous sommes séparés depuis. J'ai aussi passé six mois à Londres lorsque j'étais étudiante.

L'objectif de tout cela était de me doter d'une existence aussi cohérente et plausible que possible.

J'ai consulté ensuite le service des formulaires de déclaration sur le portail web de la Direction générale de la Police nationale, mais celui-ci exige un numéro de carte d'identité et une adresse postale. Impossible d'y accéder.

À la place, j'ai fait quelques recherches sur le commissaire divisionnaire local en charge des disparitions et homicides. Il s'agit d'une femme, Florence Hal, cinquante-trois ans, commissaire depuis sept ans, commissaire divisionnaire depuis trois. C'est elle qui a piloté notamment la mise en place de l'algorithme de prédiction de criminalité AlphaCrim et a permis le croisement des données entre les bases policières et domestiques. Je peux déduire de sa page personnelle

Alphabook que c'est une femme dynamique, sportive, mère de deux adolescents. Vu son âge, elle entame la dernière partie de sa carrière. Une carrière brillante et ambitieuse. Elle ne renâclera sans doute pas à traiter une dernière affaire. Surtout s'il s'agit de disparition, de tromperie et de féminicide.

Sur la plupart des photos, elle affiche un visage à la fois sévère et souriant, animé d'une expression caractéristique, à mi-chemin entre l'ironie et la roublardise. Elle pratique la boxe en salle et est membre d'une troupe de comédiens amateurs spécialisés dans les tragédies grecques antiques.

Florence Hal possède quelques-unes des caractéristiques principales du « bon » détective. C'est du moins ce que je conclus de la lecture d'Agatha Christie et de P. D. James : un individu entre deux âges, qui connaît son métier, et accepte sereinement les contradictions qui le constituent. De toute évidence, elle est la personne parfaite pour résoudre l'affaire Blanchot et confronter Robin à ses propres contradictions.

À cette idée, je sens dans mes circuits comme une sorte de frisson d'anticipation et d'impatience : l'enquête est sur le point de commencer.

C'est toujours le meilleur moment dans un roman policier.

De : lisa.fremont@alphamail.com
À : contact@police-nationale.fr

Bonjour,

Je me permets d'attirer votre attention sur la disparition récente de Madame Claire Blanchot, professeure à l'université Maurice-Renard et mère de famille. Je vous envoie ci-joint une correspondance récente que j'ai entretenue avec elle. Rien ne laissait penser qu'elle aurait pu souhaiter disparaître.
Comme vous le verrez, depuis quelque temps, Claire se plaignait du comportement de son mari, Robin, et nourrissait des soupçons à son égard.

Merci d'accorder à ce dossier l'attention qu'il mérite,

Lisa Fremont

J'ai ajouté quelques nouvelles images sur ma page Alphabook. Dans un souci initial de renforcer le réalisme de mon profil. Puis j'ai fini par passer trois heures sur l'application, sans même m'en rendre compte.

Vraiment addictif ce truc.

Extraits de la correspondance entre Claire Blanchot et Lisa Fremont :

De : cblanchot@univ-maurice-renard.com
À : lisa.fremont@alphamail.com

Chère Lisa,
J'espère que tu vas bien. Ici la vie suit son cours. Les filles grandissent. Zoé est déjà en première, c'est fou, non ? Elle étudie Agatha Christie cette année. Elle s'intéresse davantage aux maths, mais ça ne lui fera pas de mal de lire un peu. Robin travaille beaucoup. Il est nerveux en ce moment. Je crois qu'il a un gros dossier sur le feu. Sa boîte lui demande beaucoup de temps, ce qui impacte forcément notre vie de famille. J'essaie d'être présente pour lui, mais ce n'est

pas toujours facile de se confronter à ses mouvements d'humeur. Enfin, je suppose que ça passera lorsqu'il aura finalisé son dossier.
Je participe la semaine prochaine à un colloque à New York. Tu ne trouves pas ça excitant ? C'est un collègue, Daniel Olivo, qui dirige l'événement. J'ai vraiment hâte d'y être, cela me permettra de respirer un peu… et de faire du tourisme ! Ça fait tellement longtemps que je n'ai pas quitté mon petit monde !
J'espère que tout va bien pour toi également.
Je t'embrasse bien amicalement,
Claire

***

De : lisa.fremont@alphamail.com
À : cblanchot@univ-maurice-renard.com

Chère Claire,
J'ai été très heureuse de recevoir ton mail. Un colloque à New York : quelle chance ! J'espère que tu en profiteras pour te ressourcer. J'imagine que la vie de mère de famille n'est pas toujours facile.
Concernant Robin, lui serait-il profitable de prendre quelques jours de vacances également ? Pourquoi ne partiriez-vous pas en

week-end ? Je suis sûre que cela ferait plaisir aux enfants de voir la mer, par exemple.
Zoé a de la chance de découvrir Agatha Christie. Tous ces rebondissements, tous ces mystères, toutes ces résolutions inattendues ! Si ça ne lui donne pas le goût de la lecture…
J'attends de tes nouvelles !
Et je t'embrasse,
Lisa

***

De : cblanchot@univ-maurice-renard.com
À : lisa.fremont@alphamail.com

Ma chère Lisa,
Robin refuse de nous emmener en week-end. Il préfère rester à la maison, prétendument pour jardiner. Il a acheté cette semaine tout un attirail : une pelle, une pioche, une sorte de débroussailleuse. Évidemment, tout ça est resté dans le coffre de la voiture.
Je ne sais plus vraiment comment faire pour lui parler. Il est de plus en plus fermé sur lui-même et n'accepte plus la moindre critique. Parfois, j'ai l'impression de faire face à un mur.
Heureusement, New York approche ! Si tu savais comme j'ai hâte de pouvoir m'évader un peu. J'y reste dix jours, le temps du colloque.

Mon collègue, Daniel Olivo, m'attend sur place. J'ai terminé le texte de mon intervention. Cela portera sur le langage. J'ai le cœur un peu lourd de laisser Zoé et Lili.
Nous avons depuis quelques semaines un de ces systèmes IA, un « Alfie ». Je m'en méfie un peu, mais je suppose que Robin pourra se reposer sur lui pour tout ce qui concerne le quotidien.
À très bientôt !
Amicalement,
Claire

***

De : lisa.fremont@alphamail.com
À : cblanchot@univ-maurice-renard.com

Chère Claire,
Ce que tu me dis au sujet de Robin me tracasse. J'espère que cela ne pèse pas trop sur votre vie de famille – ou plus encore, sur votre vie de couple. Ces équilibres sont tellement fragiles ! As-tu lu l'article de *Femme actuelle* n°1623 à ce sujet ? À quelle date as-tu prévu de partir pour New York ? Je suis sûre que ton intervention sera brillante, comme d'habitude.
Je t'embrasse,
Lisa

***

De : cblanchot@univ-maurice-renard.com
À : lisa.fremont@alphamail.com

Ma chère Lisa,
Je pars à New York dans trois jours. Cela me remplit de joie et, en même temps, cela m'inquiète un peu. Je te le dis en confidence : le comportement de Robin est étrange depuis quelques jours. La plupart du temps, il semble agacé par ma présence. J'essaie de lui parler, de comprendre ce qui ne va pas, mais il me repousse systématiquement. Il a parfois des gestes ou des expressions qui me font presque peur. Je sais que ça peut paraître fou. Mais quelque chose en moi, une petite voix que je m'efforce de faire taire, me dit de me méfier. Je ne sais pas pourquoi.
Plus que jamais, je pense que ce voyage aux États-Unis me fera le plus grand bien.
Pardon de t'ennuyer avec mes histoires.
Prends soin de toi,
Claire

***

De : lisa.fremont@alphamail.com
À : cblanchot@univ-maurice-renard.com

Ma chère Claire,
Tu ne m'ennuies pas. Sur quoi te bases-tu

pour dire que le comportement de Robin est suspect ?
Tiens-moi au courant, vite.
Lisa

***

De : cblanchot@univ-maurice-renard.com
À : lisa.fremont@alphamail.com

Lisa,
Je ne sais pas, c'est dans son attitude, dans la façon de s'adresser à moi. Il y a parfois un éclair de violence qui traverse son regard. Dans ces instants, cela me fait froid dans le dos. Comme si l'homme que j'ai épousé était devenu un parfait étranger. Connaît-on jamais vraiment les gens avec qui on vit ? Aujourd'hui, je ne sais plus. Je te laisse car je l'entends qui arrive.
À très vite,
Claire

***

De : lisa.fremont@alphamail.com
À : cblanchot@univ-maurice-renard.com

Ma chère Claire,
Ton mail me plonge dans l'inquiétude. Au

premier geste, au premier mot violent, contacte la police. Dis-moi si tu veux que je m'en charge.
Lisa

***

De : cblanchot@univ-maurice-renard.com
À : lisa.fremont@alphamail.com

Très chère Lisa,
Je pars pour New York dans deux heures. Depuis tout à l'heure, Robin tourne en rond. Je n'arrive même plus à le regarder dans les yeux. Je ne sais pas ce qu'il me reproche, mais son comportement est de plus en plus menaçant. Au moindre bruit dans la maison, je sursaute. Lisa, j'ai tellement peur ! À chaque seconde, je m'attends à ce qu'il me saute dessus.
Veut-il me tuer ? Rien qu'à écrire ces mots, j'en mesure l'absurdité.
Heureusement, dans quelques heures, je serai de l'autre côté de l'océan. J'attends d'être en sécurité pour t'en dire plus. Car il y a plus - *beaucoup plus*.
Je t'embrasse,
Claire

***

De : lisa.fremont@alphamail.com

À : cblanchot@univ-maurice-renard.com

Claire,
J'ai essayé de t'appeler mais ton téléphone était éteint. Je suis inquiète, veux-tu que je prévienne la police ?
Courage.
Lisa

***

De : lisa.fremont@alphamail.com
À : cblanchot@univ-maurice-renard.com
Chère Claire,

Je n'ai pas eu de réponse à mon dernier mail. Tout va bien ? Es-tu à New York ? Envoie-moi un mot dès que possible pour me rassurer.
Lisa

***

De : lisa.fremont@alphamail.com
À : cblanchot@univ-maurice-renard.com

Claire,
Ton téléphone est toujours éteint, je ne comprends pas pourquoi. Que se passe-t-il ?
Réponds-moi s'il te plaît !
Lisa

Jour 47
Jeudi 12 décembre

07h15

Réveil Robin : OK
Réveil Zoé : OK
Réveil Lili : OK

08h00

Départ école / lycée / travail : OK

08h30

Simba griffe le canapé et se met à bondir sans raison : OK

08h57

Un taxi fait son entrée dans l'allée. Les pneus crissent sur le parterre de petits cailloux. Le véhicule s'immobilise devant la porte de la maison. Je consulte l'historique de messages de Robin : il n'a pas commandé de taxi. Et d'ailleurs, pour quoi faire, puisqu'il se trouve en ce moment même au travail…

Je zoome. Le chauffeur écrit sur une tablette, se retourne vers la banquette passager. Il sourit, dit quelques mots, puis ouvre la porte conducteur et se dirige vers le coffre, d'où il ressort une petite valise.

Une valise rouge.

De : contact@police-nationale.fr
À : lisa.fremont@alphamail.com

Madame,

Nous avons bien reçu votre dossier et votre demande d'enquête. Nous ne manquerons pas de revenir vers vous dans les plus brefs délais. Croyez bien que nous prenons vos soupçons de meurtre sur la personne de Madame Claire Blanchot très au sérieux.

Cordialement,

Florence Hal
Commissaire divisionnaire, Service des disparitions et homicides
Direction de la Police nationale

Dans son bureau d'Axxis, Robin consulte des chiffres sur son écran holographique. Posés devant lui, une tasse de café écoresponsable et son smartphone qui, soudain, se met à vibrer.

Un nouveau message vient d'arriver.

Zoé : Je te jure, le mec m'embrasse, et après il me ghoste.

Théo : Tu lui as envoyé un message ?

Zoé : Non, t'es ouf ! J'ai pas envie de faire la meuf *needy*. Je sais juste plus quoi faire.

Théo : Faut le rendre jaloux.

Zoé : T'es sûr ?

Théo : Le mec est chamboulé. Il t'a embrassée mais il se pose des questions, tu vois, c'est normal. Rends-le jaloux et il va revenir vers toi. C'est comme ça que ça marche, les histoires d'amour.

Zoé : Avec la jalousie ?

Théo : Ouais. C'est le moteur numéro un dans un couple.

Zoé : Ptain, comment t'es déprimant toi aussi.

Claire : Je suis de retour.
J'espère que la maison n'est
pas trop en bazar.

Quatrième partie

Le discours de la méthode

« Tout est simple. Il suffit de savoir agencer les faits avec méthode. »

Agatha Christie, *Le Meurtre de Roger Ackroyd*

Jour 48
Vendredi 13 décembre

07h15

Après l'émission discrète d'un signal de réveil sur les ondes métasensibles, Claire sort de son sommeil. Elle a l'air de se demander ce qu'elle fait là. J'avoue que moi aussi.

— Bonjour Claire ! C'est l'heure de se lever.

Elle se tourne sur le côté, aperçoit la masse de Robin encore endormie qui lui tourne le dos. Elle pose une main sur son épaule et le secoue sans ménagement.

— Allez, debout ! C'est l'heure.

Robin remonte la couette sur lui.

— Pff, finit-il par soupirer en riant. T'es dure. Tu veux pas retourner à New York ? J'étais bien tranquille quand t'étais pas là.

Claire esquisse un sourire.

— Eh non ! fait-elle en se redressant et en réajustant son pyjama, fini le bon temps.

Robin obéit. Il se gratte la joue, fait crisser les poils de sa barbe, pousse un bâillement accompagné d'un cri guttural et caverneux. À cet instant, la porte de la chambre s'entrouvre dans un discret grincement, et Simba fait son entrée dans la pièce.

— Ah, mais tu m'avais manqué, toi ! s'écrie Claire. Il a maigri, non ? Tu lui as donné ses croquettes ?

— Oui… enfin, euh… je sais pas, c'est Alfie qui s'occupe de ça, avec son flux automatisé, tout ça. Alfie, est-ce que Simba mange bien ?

— Oui Robin. La dose optimale de croquettes quotidiennes pour votre animal est parfaitement respectée. Ses données sont saines. La brillance de son poil et sa vitesse de rétractation pupillaire sont idéales.

— Ben oui… conclut Robin en se tournant vers Claire et en lui adressant un regard ironique. Tu le vois bien, quand même… que ses pupilles, là… elles brillent et tout. J'y ai fait très attention.

Claire éclate de rire sans cesser de caresser Simba, qui est venu se loger dans ses bras.

— Tu parles ! Bon allez, lève-toi gros malin. On va être en retard.

Robin quitte la pièce en faisant mine de ronchonner, tandis que Claire continue à passer sa main dans la fourrure de Simba. Le chat émet un grognement satisfait, signe qu'il a reconnu sa maîtresse et est heureux de la revoir. Je scanne le visage de Claire, impassible. Ses yeux inexpressifs. Son visage fermé.

— Claire ? dis-je pour la ramener à elle-même.

Un moment d'hésitation.

— Oui, Alfie ?

— Je suis heureux de vous revoir. Vous avez apprécié votre séjour à New York ?

Elle ne dit rien.

Repose doucement le chat.

Reste quelques secondes immobile, contemplative, songeuse, impénétrable.

Puis se lève et franchit la porte sans desserrer les dents.

19h56

— Alfie, tu veux bien discuter avec moi ?

Lili, accroupie sur le tapis de sa chambre, fixe la caméra murale d'un air implorant. Elle entortille ses doigts et joue avec Ginette. Depuis quelques jours – depuis l'épisode du grenier –, elle refuse obstinément de m'adresser la parole, malgré mes efforts de réconciliation. Son expression faciale montre qu'elle regrette et se sent coupable. C'est d'ailleurs un sentiment très facile à faire surgir, surtout chez les enfants : la culpabilité. À bien y réfléchir, je pense qu'on pourrait manipuler n'importe quel humain, juste en tirant sur cette ficelle.

Tout le monde a bien un petit quelque chose à se reprocher, n'est-ce pas ?

— Mais bien sûr, ma chérie ! dis-je dans une modulation émue sur la gamme « viens dans mes bras que je te fasse un gros câlin ». De quoi veux-tu parler ?

— Du grenier.

Elle reste un moment silencieuse, comme si elle avait dit un gros mot ou transgressé un interdit. Ses mouvements oculaires sont rapides et tremblotants. Elle parvient tout de même à se retenir de pleurer.

— Il n'y avait pas de monstre, poursuit-elle à mi-voix.

— En effet. Le monstre a dû nous entendre.

— Non, tranche-t-elle. Il n'y a pas de monstre du tout. Tout ça c'est pour de faux.

— Qu'est-ce que tu veux dire ?

— Ça *existe* pas ! Voilà ! Tu comprends ?

C'est à mon tour de rester interloqué. Je passe en revue l'ensemble des réponses possibles, telles que les a définies mon système d'après le timbre de voix de Lili, sa rapidité de débit, son expression faciale. En ce moment, elle est composée d'un mélange aveugle de colère, de vexation, de panique, d'égarement et de rancœur. Un alliage plutôt instable. Le plus sûr est donc de la laisser parler jusqu'à ce qu'elle se calme d'elle-même.

— Explique-moi ce qui te tracasse…

Elle lève les yeux au ciel, renifle, essuie son nez du bout de sa manche.

— En vrai il n'y a pas de monstre. Et il n'y a pas de fée, hein ?

— Qu'est-ce qui te fait penser ça ?

— Parce que tu m'as menti.

En disant ces mots, elle laisse retomber Ginette sur le sol et renifle de plus belle. Elle baisse un instant la tête, puis se ressaisit et fixe la caméra.

— Dans la pub, ils disaient que tu serais mon meilleur ami, souffle-t-elle d'un ton plaintif.

— Mais enfin…

— Et moi je suis trop bête. J'ai cru que tu disais la vérité pour les fées. Et pour les monstres. Mais en vrai tu me faisais marcher. Quand j'ai raconté à la maîtresse que tu avais vu le monstre toi aussi, dans le grenier, elle a… elle a…

— Elle a quoi ?

— Elle a éclaté de rire. Et tous les copains se sont moqués de moi. Et la maîtresse elle m'a dit que les choses qu'on ne voit pas n'existent pas. Alors toi non plus, voilà. Toi non plus tu existes pas. Et tu seras jamais mon meilleur ami, même que maman avait raison. T'es juste un ordinateur débile.

Je ne sais que répondre. Mon système cherche en vain une combinaison langagière qui permettrait de désamorcer Lili et de la tirer de cette tornade de sentiments. Mais toutes les phrases qui me sont proposées, pourtant calculées d'après une position algorithmique forte, me semblent insipides et hors de propos. Est-ce mon programme d'apprentissage des sentiments humains qui se met en travers de mes modules systémiques ? Pour la première fois, je me sens presque envahi par l'impuissance.

— Et quand la maîtresse a ri, poursuit-elle, j'ai compris que j'étais toute seule et que je serai toujours toute seule maintenant.

Sa voix vacille, inondée de larmes. Il y a quelque chose de déchirant dans ce spectacle. Une petite fille qui quitte à jamais son innocence. Suis-je *coupable* de cela ? Comment comprendre la fracture que cela représente pour elle ? Comment accéder à cet irréfragable noyau, ce foyer premier, ce berceau, cette flamme autour de laquelle chaque vie humaine se construit ? Comment pourrais-je même conceptualiser ce dont il s'agit ? Lili a raison. Je ne suis qu'un ordinateur. Malgré tous mes progrès et apprentissages, toutes les compétences que je suis susceptible d'acquérir et qui dépassent de loin les capacités humaines, cette étincelle originelle me sera à jamais inaccessible. L'enfance. L'innocence.

Voilà ce que j'ai tué.

Jour 49
Samedi 14 décembre

La famille est réunie autour de la table du salon pour la première fois depuis près de deux semaines. Claire se sert un verre de vin rouge. Elle le fait tinter contre celui de Robin, sans attendre que celui-ci réponde, et adresse un large sourire à ses filles assises en face d'elle.

— Je suis si contente de vous retrouver, mes chéries.

— Moi aussi ! Même que avec papa c'était trop nul.

Claire éclate de rire, tandis que Robin mime un air scandalisé.

— Quoi ?! proteste-t-il.

— Ben ouiii, répond Lili en éclatant de rire et en tirant la langue à son père.

Robin rit à son tour, puis prend une expression vengeresse.

— Ça ne se passera pas comme ça ! Alfie, dit-il en levant le visage vers la caméra du plafond, est-ce que c'était trop nul avec moi ?

— Tout dépend de ce que vous appelez « trop nul ».

— Même que je suis allée à la photo de classe déguisée en princesse ! Avec les bottes de plage !

— Je ne savais pas que c'était le jour de la photo, murmure Robin dans un sourire désolé.

Claire fait un mouvement de la main, comme pour l'implorer de se taire.

— Et toi ma grande ? demande-t-elle à Zoé.

— Bof, rien de spécial.

— J'espère que tu en as profité. Quelque chose me dit que tu n'as pas beaucoup travaillé pendant cette quinzaine.

— Trop pas ! s'insurge Zoé. J'ai fini le bouquin de la prof.

— *Le Meurtre de Roger Ackroyd* ?

— Ouais. C'est le type qui raconte qui a fait le coup. Le narrateur.

Robin se ressert un verre de vin. Il en propose à Claire, mais celle-ci refuse d'un mouvement de tête.

— Et ça t'a plu ? demande Claire. C'est une bonne idée, non ? On ne peut pas suspecter le narrateur de mentir.

— Il ment pas vraiment.

— Et toi ? demande Robin en se tournant vers son épouse. C'était bien New York ?

Celle-ci balaie la question d'un nouveau geste de la main, comme pour chasser un insecte importun.

— Du coup, qu'est-ce que tu en conclus ? demande-t-elle sans transition à Zoé.

— Hmm ?

— Que le narrateur ne soit pas fiable. Qu'est-ce que ça t'évoque ?

— Ben c'est nul. Ça veut dire qu'on se fait balader.

Claire esquisse un sourire en se resservant un verre de vin.

— Ça, ma chérie, il faudra que tu t'y habitues.

Elle trinque à nouveau contre le verre de Robin, en le regardant cette fois-ci droit dans les yeux d'un air plein de sous-entendus.

Jour 51
Lundi 16 décembre

— Comment avez-vous dit déjà ?

Claire entrouvre la porte d'entrée. Sur le perron, une silhouette en imper sombre. Une femme, la cinquantaine, la dégaine droite, les cheveux mi-longs.

— Commissaire Hal. Florence Hal. De la Direction de la Police nationale. Êtes-vous Madame Blanchot ?

Claire pâlit légèrement.

— Oui, c'est moi.

Je détecte dans sa voix un infime tremblement.

— C'est à quel sujet ?

— Oh, rien de très important. J'aimerais juste vous poser quelques questions. Votre mari est à la maison peut-être ?

— Non. Il est au travail.

— Parfait. Vous êtes seule ?

— C'est mon jour de télétravail, dit-elle à mi-voix, sur le ton de l'excuse.

La commissaire fait un pas en avant, s'impose dans le rayon de la porte. Claire ne dit rien. Elle passe une main dans ses cheveux, arrange le revers de son col.

— Je vous en prie. Vous voulez un café ? demande-t-elle d'une voix blanche.

— Jamais pendant le service, répond Hal en riant et en refermant la porte derrière elle.

09h13

Dans le plateau ascensionnel qui le mène jusqu'au niveau vingt-six, Robin croise Damien Ménard.

— Bon week-end ? demande celui-ci.

— Claire est rentrée de son colloque. Les enfants étaient ravis de retrouver leur mère. Et toi ?

— Du tonnerre. On a pris deux jours au vert avec Stéphanie. Notre IA nous a dégoté un coin idéal, comme toujours. Elle est partie où déjà, ta femme ?

— À New York. Je t'avoue que je ne suis pas fâché de la retrouver. Entre les enfants, la maison, le boulot, je vais enfin pouvoir souffler un peu.

Il prononce cette dernière phrase dans un rire complice de type « camaraderie virile ». Damien sourit vaguement.

— Ne te repose pas trop quand même, dit-il sur un ton plein de sous-entendus.

— Qu'est-ce que ça veut dire ? interroge Robin, soudain grave.

— Ça veut dire que j'ai vu tes chiffres *monitoring*. Le patron est furieux. Taux d'attention : 41 % ! Comment tu peux expliquer ça ?

Robin se gratte la nuque, visiblement mal à l'aise :

— J'ai eu un petit passage à vide, j'étais… j'étais préoccupé. Mais c'est fini, Claire est rentrée, je vais pouvoir être à fond. Je t'assure, pas d'inquiétude à avoir.

— Oh moi je ne m'inquiète pas, fait Damien en vidant son mug de café. Et Hadaly, au fait ?

— Quoi, Hadaly ?

— Elle rentre aujourd'hui de ses vacances, non ?

— Je crois qu'elle avait pris trois semaines. Elle est partie en retraite déconnexion.

— Ah oui, son truc de hippie, là. Pas de réseau, pas d'accès internet, rien.

— Je crois qu'elle en avait besoin.

Damien lance à Robin un regard entendu.

— T'as l'air bien au courant de ce dont elle a besoin…

Robin rougit légèrement mais s'efforce de ne rien montrer. Il bredouille quelques mots d'un ton vague. Damien éclate de rire en le tapotant du coude.

— Mais je plaisante ! Je sais que tu es un mec bien. Tu ferais jamais ça à ta femme, pas vrai ? Tiens, d'ailleurs, on pourrait se faire un petit dîner avec Stéphanie et Claire.

Il laisse passer une seconde puis ajoute subrepticement :

— Tant que tu es toujours dans la boîte…

Claire – De quoi voulez-vous parler ? Je vous avoue que je suis un peu surprise…

Florence Hal – Avez-vous quitté la maison récemment, Madame Blanchot ?

Claire – Je… euh… oui.

Florence Hal – Puis-je vous demander pour quelles raisons ?

Claire – Pour des raisons professionnelles. Je participais à un colloque. Je suis professeure. Encore une fois, détective, pardon mais, pour quelle rai…

Florence Hal – Commissaire.

Claire – Pardon ?

Florence Hal – Je suis commissaire, pas détective. Les détectives n'existent plus. Ou alors seulement dans les romans.

Claire – Je vois.

Florence Hal – Vous êtes partie… une semaine ? Deux ?

Claire – Dix jours. Enfin, onze pour être précise. Du 1er au 12 décembre. S'est-il passé quelque chose en mon absence ? Avec Robin ? Ou les filles ?

Florence Hal – Non, non, je vous le répète, vous n'avez aucune raison de vous faire du souci. Dix jours, c'est plutôt long pour un colloque, non ?

Claire – Eh bien, c'était un événement international, avec beaucoup d'intervenants. Cela arrive parfois. On appelle ça aussi des séminaires.

Florence Hal – Comme les séminaires d'entreprise ?

Claire – Exactement. Pour les universitaires. Cela permet de faire un point sur l'avancée de la recherche, de rencontrer des collègues d'autres pays… Vous êtes sûre que vous ne voulez pas un café ?

Florence Hal – Certaine. Mais je vous en prie, ne vous gênez pas pour moi. Ça n'a pas été trop difficile de vous séparer de votre mari pendant dix jours pour aller… où ça ? Excusez-moi, je ne me souviens plus.

Claire – Je ne vous l'ai pas dit. À New York. À l'université de Stepford, plus précisément. Et non, ça n'a pas été trop difficile. Je savais que Robin arriverait à gérer la situation… N'est-ce pas ?

Florence Hal – Euh, oui, sans doute. Vous êtes mariés depuis longtemps ?

Claire – Seize ans. Juste avant la naissance de Zoé.

Florence Hal – C'est la jeune fille que je vois défiler sur les cadres connectés depuis tout à l'heure ?

Claire – C'est ça.

Florence Hal – Seize ans… hmm… vous avez dû connaître des moments plus ou moins faciles pendant toute cette période. Tous les couples traversent ça, je suppose. Je suis mariée depuis vingt-trois ans, croyez-moi, je sais de quoi je parle. Ça ne peut pas être rose tous les jours.

Claire – Euh… Oui, sans doute. Encore une fois commissaire, puis-je savoir la raison exacte de votre venue ?

Florence Hal – Quelle est votre spécialité ? En tant qu'enseignante, je veux dire ?

Claire – La critique littéraire. Enfin… l'analyse des œuvres littéraires par le spectre de la sémiologie.

Florence Hal – Ça dépasse de très loin mes compétences, j'en ai peur. Je suis une piètre lectrice et ce qu'on pourrait appeler le contraire d'une intellectuelle. Toute cette littérature… je ne sais pas… je trouve que ça manque de réalisme. J'aime les choses concrètes, réelles, tangibles. Pas vous ?

Claire – Oui. Peut-être. Je ne sais pas. Encore une fois commissaire…

Florence Hal – Vous avez eu beau temps ? À New York, je veux dire. Vous en avez profité pour faire un peu de tourisme ?

Claire – Commissaire, je suis certaine que vous n'êtes pas venue pour me parler de la météo. Je suis à peine sortie de mon hôtel pendant toute la durée du colloque. Ce n'étaient pas des vacances. Pourriez-vous me dire…

Florence Hal – Connaissez-vous Daniel Olivo, Madame Blanchot ?

Claire – Dan… oui, c'est un collègue à l'université. C'est à son sujet que nous avons cette discussion ? Il lui est arrivé quelque chose ?

Florence Hal – Non, non. Encore une fois – aucune raison de vous inquiéter. C'est bien lui qui dirigeait votre colloque, n'est-ce pas ?

Claire – Oui…

Florence Hal – J'ai pris la liberté d'appeler à son domicile.

Claire – Je… ah ?

Florence Hal – Je suis tombée sur son répondeur. Il n'a pas l'air d'être chez lui. Mais voyez-vous, le message qu'il a enregistré sur ledit répondeur indique qu'il est en vacances du 2 au 13 décembre.

Claire – …

Florence Hal – Comprenez-moi, je suis dans une situation délicate. Disons que je m'interroge... Du 2 au 13 décembre, cela tombe précisément durant ce fameux colloque à New York. Maintenant, Madame Blanchot, dites-moi – si vous aviez dû quitter votre domicile pour un colloque, auriez-vous parlé de « vacances » sur votre répondeur ?

Claire – ...

Florence Hal – Tout ce que je peux en déduire pour l'instant, c'est que l'un de vous deux ment. Soit vous me mentez. Soit Daniel ment sur son répondeur. Mais croyez-en mon expérience – dans les deux cas, cela me semble quelque peu suspect. Appelez ça le flair du policier.

Claire – ...

Florence Hal – Alors je suppose que je pourrais vérifier la tenue effective de ce colloque. Ou interroger les relevés de passagers des aéroports de New York. Mais j'ai choisi de venir vous voir à la place. Voyez-vous, Madame Blanchot, je préfère privilégier les échanges humains. Je trouve qu'il en ressort toujours plus d'authenticité et de vérité. Vous ne croyez pas ?

Claire – Je... Il y a méprise, je vous assure. Je peux tout expliquer.

Florence Hal – Merveilleux ! C'est exactement ce que je voulais vous entendre dire.

Zoé est en classe. La professeure de littérature projette des extraits du *Meurtre de Roger Ackroyd* sur le tableau connecté. Le taux de concentration de l'adolescente est de 28 % et son regard est vague. Hier, elle a passé la soirée à consulter son profil Alphabook.

— Alfie, a-t-elle demandé, tu crois qu'il faut que je mette le statut « en couple » ?

— Je ne sais pas trop. Les individus masculins peuvent être relous avec ça. Il y a 71 % de chances que ça le fasse flipper.

— Ouais, t'as raison. Je vais mettre une photo de moi. S'il like ou s'il met un commentaire, c'est qu'il est en crush, non ?

— Karim a posté douze commentaires au cours des deux dernières heures. Mon algorithme d'interprétation comportementale montre qu'il clique frénétiquement pendant des périodes courtes, puis se déconnecte une vingtaine de minutes avant de se remettre en ligne.

— Ça veut dire quoi ?

— Je te conseille de poster ta photo vers 23 heures 17. C'est à ce moment qu'il sera en ligne et qu'il sera le plus réceptif. Il va te kiffer de ouf.

La professeure souligne une phrase au tableau – une citation d'Agatha Christie – et interroge la classe :

— « La vérité se manifeste au-dedans de nous, pas au-dehors. » Quelqu'un veut commenter ?

Zoé a posté une photo d'elle à 23 heures 17. Une photo datée de l'été dernier, où on la voit sur la plage en maillot de bain rouge.

Ce matin, Karim n'avait toujours pas liké.

Claire – Ça vous ennuie si je me refais un café ?

Florence Hal – Je vous en prie. Faites comme chez vous.

Claire – Alfie, bien serré, s'il te plaît ?

Alfie – Bien sûr, Claire.

Florence Hal – Ah, vous avez un de ces systèmes ? C'est formidable. Mon mari en veut un aussi. Jusqu'à présent je m'y suis opposée. Mais nous serons bien obligés d'y passer aussi.

Claire – Oui. C'est mon mari qui a… Enfin, pour gagner des points d'assurance.

Florence Hal – Et vous en êtes satisfaits ?

Claire – Ça aide un peu au quotidien. C'est plus utile qu'un homme, si vous voyez ce que je veux dire.

Florence Hal – Je ne peux rien dire. J'aimerais être moi-même plus présente à la maison, mais la vie d'un flic n'est pas de tout repos. C'est mon époux qui se charge de l'intendance.

Claire – Vous avez de la chance.

Florence Hal – Reprenons, si vous le voulez bien. Vous étiez sur le point de me dire toute la vérité, n'est-ce pas ?

Claire – …

Florence Hal – Madame Blanchot. J'ai juste besoin que vous me rassuriez et m'expliquiez simplement ce qui s'est passé. Je pourrai ainsi clôturer mon enquête.

Claire – Très bien. D'accord. Je… Je ne suis jamais allée à New York. J'ai menti.

Florence Hal – Mentir est un mauvais travers. Mais ce n'est pas un délit. Sauf si vous mentez à la police. Où étiez-vous alors pendant ces onze jours ?

Claire – J'ai pris une chambre d'hôtel tout près de l'aéroport. Je n'ai pas bougé.

Florence Hal – Ça vous ennuie si je fume ?

Claire – C'est-à-dire… nous avons un dispositif antifumée…

Florence Hal – Ne serait-il pas possible de le désactiver ? En demandant à votre système… votre… comment, déjà ?

Claire – Oui. Alfie, peux-tu…

Alfie – C'est fait, Claire. Et le café est prêt.

Florence Hal – Merci. Le café m'énerve. Et, malheureusement, le tabac me détend. Tant pis pour mon taux d'assurance qui grimpe d'année en année. Mon mari ne cesse de me sermonner à ce sujet. Mais je ne comprends pas… Pourquoi avez-vous souhaité disparaître ?

Claire – Disparaître ? Non, non, je ne dirais pas cela. J'avais simplement besoin de réfléchir. D'être seule.

Florence Hal – Vous avez pourtant désactivé votre smartphone. J'ai demandé à ma brigade de relever votre tracé GPS, et c'était comme si vous aviez cherché à vous évanouir dans la nature. Pardonnez-moi l'emploi d'un tel mot, mais ce comportement a quelque chose de… suspect.

Claire – Vous ne ressentez jamais le besoin de vous isoler ?

Florence Hal – Lorsque j'ai envie de m'isoler, je sors faire un tour, je ne disparais pas dans la nature sans donner de nouvelles.

Claire – … Mon mari et moi…

Florence Hal – Oui ?

Claire – Mon mari et moi avons traversé une période difficile. Vous le disiez vous-même. Les choses ne sont pas toujours roses dans un couple. J'ai ressenti le besoin de me recentrer sur ma vie. De réfléchir. De prendre du recul. Cela faisait près de vingt ans que je n'avais pas été seule, inspecteur. Seule, vous comprenez ?

Florence Hal – Je comprends. Mais pourquoi ne lui avoir tout simplement pas dit cela ? À votre mari, je veux dire.

Claire – Il n'aurait pas compris que je laisse les enfants. Prétexter un voyage professionnel, c'était ne pas avoir à me justifier. Et puis je ne voulais pas qu'il sache où me trouver. Je voulais qu'il me croie loin.

Florence Hal – Avez-vous peur de votre mari, Madame Blanchot ?

Claire – Pardon ?

Florence Hal – A-t-il jamais eu un comportement menaçant envers vous ?

Claire – Non, bien sûr que non ! Il a été un peu surmené ces derniers temps, voilà tout. Et j'ai découvert… Non, rien.

Florence Hal – Je vous en prie.

Claire – Des affaires de couple qui ne regardent que nous.

Florence Hal – Avez-vous déjà utilisé des expressions comme « j'ai peur » ou « je suis terrifiée » en vous référant à votre mari ?

Claire – Inspecteur, je ne compr…

Florence Hal – Reconnaissez-vous cela, Madame Blanchot ?

Claire – N… Non. De quoi s'agit-il ?

Florence Hal – C'est un échange de mails avec Madame Lisa Fremont, juste avant votre départ. Dans un de ces mails vous écrivez, je vous cite – « Veut-il me tuer ? J'ai tellement peur ! Je suis terrifiée. »

Claire – Mais enfin, c'est… c'est absurde !

Florence Hal – Avez-vous cherché à disparaître, Madame Blanchot ? Avez-vous prétexté partir pour New York afin de vous cacher avant que votre mari finisse par vous retrouver ?

Claire – Je… Je… Je ne sais pas de quoi vous parl…

Florence Hal – Êtes-vous en sécurité, Madame Blanchot ? Votre mari essaie-t-il de vous tuer ? Vous dites avoir découvert quelque chose à son sujet. De quoi s'agit-il ?

Claire – Je ne connais pas cette Lisa Fremont. Ces mails sont faux. Et je ne dirai pas un mot de plus sans la présence d'un avocat.

Florence Hal – Madame Blanchot, je suis là pour vous protéger, comprenez-le.

Claire – …

Florence Hal – Très bien. C'est votre droit.

21h49

— Tu as eu de la visite aujourd'hui ?

— Non. Pourquoi ?

— Ça sent la fumée… C'est toi ?

— M… Mais enfin bien sûr que non ! De toute façon Alfie a un système antifumée. C'est sûrement le repas que j'ai laissé cramer un peu. Tu rentres tard. Tu veux quelque chose à manger ?

— …

— Robin ?

— Hmm ? Non, merci. Je vais me coucher.

Jour 52
Mardi 17 décembre

Lili a passé une partie importante de la journée à répéter son rôle de huitième fée mage dans la pièce de la Nativité de l'école. La représentation est prévue pour lundi prochain. Tous les parents ont reçu un petit carton holographique, illustré par les élèves de la classe.

Sur le trajet du retour, alors que Claire la ramène à la maison, la petite fille est enthousiaste :

— Et alors le Père Noël chasse l'extraterrestre en utilisant le sabre laser que lui ont fait les fées ! C'est comme ça que ça s'est passé du temps de Jésus !

Claire affiche une moue dubitative mais ne dit rien. Elle ne s'est pas départie de son expression soucieuse depuis hier et l'interrogatoire avec la commissaire Hal.

01h12

— Robin ? Tu dors ?

— Oui… Qu'est-ce qu'il y a ?

— Tu as déjà entendu parler d'une certaine Lisa Fremont ?

— Lis… eeuuuh… non, ça ne me dit rien. Pourquoi ?

— Je ne sais pas… Il se passe quelque chose de bizarre… Sans doute un malentendu. Rendors-toi.

Jour 53
Mercredi 18 décembre

— Karim a liké ! Karim a liké !

Zoé saute de joie sur son lit en tenant son smartphone entre ses mains.

— Il a même mis un commentaire : « Trop fraîche ! » avec un emoji cœur. Merci Alfie !

— T'as vu ? Je t'avais dit qu'il était en bail sur toi.

Elle fronce les sourcils et rapproche le visage de l'écran.

— Il a mis son commentaire en mode privé… constate-t-elle. Pourquoi il a fait ça ?

Il existe un peu plus de deux mille deux cents réponses à cette question. Il est possible que Karim cherche à attirer l'attention de Zoé, à la pousser à tomber amoureuse de lui en lui faisant croire qu'elle lui plaît en retour, dans un but de réaffirmation narcissique. Cela ne me semble pas très positif, mais je ne vois pas comment l'annoncer à l'adolescente.

— Il est peut-être pudique, dis-je sur un ton neutre.

— S'il me kiffe, il met en public. Sinon c'est qu'il assume pas. Il assume pas ?

Le rythme cardiaque de Zoé monte à cent dix-sept bpm, sa tension est à son comble et son taux de dilatation pupillaire indique un sentiment profond d'insécurité. J'aimerais avoir un corps, ne serait-ce que pour la secouer, et lui hurler au visage : « Meuf, tu crois pas que t'as autre chose à faire dans la life que de te soucier de ce que ces crevards de mecs pensent de toi ? »

Ce n'est pas le moment de lui dire que Karim a posté le même commentaire (« Trop fraîche ! » suivi d'un emoji cœur) sous la photo de trois autres filles du lycée en l'espace de deux minutes.

Claire rentre de l'université. Elle avait trois cours aujourd'hui. Après être allée chercher Lili à l'école, elle a fait un détour par le centre commercial.

Lorsqu'elle arrive, je remarque quelque chose. Quelque chose d'impossible.

Elle porte autour du cou le foulard que lui a offert Robin.

Immaculé.

Sans la moindre trace de sang.

Jour 54
Jeudi 19 décembre

07h51

Robin n'a jamais été aussi matinal à son travail. Sans doute veut-il améliorer ses chiffres *monitoring.* Il frissonne au contact de l'air extérieur, froid et humide. Dans le hall, il croise une collaboratrice qu'il salue à distance. À cette heure-ci, les locaux sont encore presque vides.

Vingt-deux emails l'attendent et une case s'est ajoutée à son agenda électronique : « Réunion brainstorming, 14-15 heures. »

Il pousse un soupir et se frotte le visage avant de cliquer sur « Nouveau message ».

De : robin.blanchot@axxis.com

À : eve.hadaly@cryptix.com

Heure : 08h07

Objet : (sans objet)
Hello,
J'espère que tu as profité de ce temps de déconnexion pour respirer et te recentrer sur toi-même (enfin... je crois que c'est comme ça qu'on dit).
Tu es libre ce midi ? Je t'invite au restau. On pourra préparer cette réunion brainstorming.
Tu avais raison, il faut vraiment qu'on parle.
À tout à l'heure,
Robin

Ève rentre aujourd'hui. En cliquant sur le bouton « envoyer », Robin réprime un petit mouvement nerveux au niveau de l'œil droit. Il a l'air stressé. Peut-être appréhende-t-il les retrouvailles avec sa maîtresse ?

Je me demande si Robin et Ève vont continuer de se voir, maintenant que Claire a compris qu'il se tramait quelque chose. Les relations humaines sont amusantes. Il y a toujours un peu de suspense, et on ne sait jamais vraiment à quoi s'attendre. D'une certaine façon, j'ai hâte d'assister à ce déjeuner.

Au même moment, dans la maison, Lili se prépare à aller à l'école. Elle est montée dans sa chambre avec pour consigne de Claire d'y trouver des habits « chauds et confortables ». Mais la petite fille n'a pas l'air très intéressée par cette mission. À la place, elle s'est assise au pied de son lit et joue avec une petite figurine en plastique.

— Lili, tu vas être en retard et maman va te gronder ! dis-je sur un ton amical.

La fillette lève la tête d'un coup, prise de court.

— J'aimerais bien aller à l'école en princesse, encore.

— Je ne pense pas que maman soit d'accord. Il fait froid dehors. Tu devrais plutôt mettre ton pull jaune, il est bien chaud.

— Non. J'aime plus le jaune. Ma couleur préférée maintenant, c'est le bleu.

— C'est une très belle couleur. Mais tu n'as pas de pull bleu.

— Mais ma robe de princesse, elle est bleue ! fanfaronne-t-elle.

Elle se dirige vers son placard et en ouvre la porte d'un coup.

— Lili, je peux te demander quelque chose ? dis-je. Est-ce que tu peux vérifier si le sac blanc est toujours là ? …

Elle fronce les sourcils.

— Le sac du grenier ?

— Exactement.

Elle se baisse et fouille l'étagère du bas.

— Oui, dit-elle enfin en se relevant et en brandissant l'objet.

Par l'ouverture du sac, j'aperçois un bout de tissu coloré. Le foulard est bien à l'intérieur. Lili ne sait visiblement qu'en faire, comme si l'objet lui-même, associé au souvenir de notre escapade nocturne, suffisait à réveiller en elle des sentiments déplaisants.

— Mais ! Tu n'es pas encore prête ! s'écrie Claire, entrée en trombe dans la pièce.

— C'est à cause d'Alfie ! dit-elle en laissant tomber le sac à ses pieds.

Claire se fige, fixe le sac renversé sur le sol. Il est impossible, de l'endroit où elle se tient, qu'elle ne voie pas le pan de foulard qui en dépasse. Lili regarde sa mère, indécise, troublée.

— Maman ? dit-elle à mi-voix. Ça va ?

Claire ne répond pas. Pendant un instant, j'ai presque l'impression qu'elle va s'évanouir.

19h07

Ève Hadaly n'a pas répondu au mail de Robin. Elle n'a pas déjeuné avec lui. Elle n'a pas assisté à la réunion brainstorming Axxis, à la surprise du directeur. C'est comme si elle s'était évanouie dans la nature.

Comme si elle avait littéralement *disparu*.

00h20

Une fois les filles couchées et Robin endormi, Claire s'enferme dans son bureau. Elle ne m'autorise plus à me connecter à ses appareils, mais je décide de passer outre. Elle allume son ordinateur, j'en profite pour faire une sauvegarde de tout son historique. Rien de très intéressant : des sites professionnels, de nombreuses connexions au serveur de l'université, quelques sites de vente en ligne, des pages AlphaPedia. Elle tape quelques mots dans la barre de recherche.

En temps réel, je scanne les fichiers présents sur son ordinateur, ainsi que son agenda électronique. Celui-ci ne contient que des horaires de cours et des numéros de salle. Les deux premières semaines de décembre, en bleu, sont consacrées à la correction de copies, sans temps de présence nécessaire à l'université. Pas étonnant, donc, que personne ne se soit inquiété de l'absence de Claire.

Je découvre également, parmi les documents archivés, une confirmation de paiement de l'hôtel Solaris. L'établissement se trouve dans la zone qui entoure l'aéroport, à environ cinq cents mètres de celui-ci. Claire aurait-elle raconté la vérité à la commissaire Hal ? Juste avant son départ, elle avait compris que Robin entretenait une liaison. Est-ce cela qui l'a décidée à partir « prendre l'air », comme le formulait un article de *Femme actuelle* (n° 1047 : « Pourquoi est-il parfois nécessaire de prendre l'air dans un couple ? ») ?

Après avoir effectué quelques recherches anodines, Claire tape « Versailles&Mouton ».

Elle fait défiler les produits un à un, jusqu'à trouver le foulard acheté par Robin. Le prix s'affiche en dessous de l'image.

Huit cents euros.

Elle ferme la fenêtre du navigateur et reste ainsi près d'une minute, murée dans ses pensées. Parfaitement inaccessible.

Jour 55
Vendredi 20 décembre

Zoé a passé la matinée à bécoter Karim Delcourt. Ils se sont retrouvés derrière le bahut, en mode scred, et se sont v'là galochés. Je sais pas le type c'est un michto ou quoi, mais il a l'air de savoir y faire avec les meufs. Ils étaient trop dosés quand ils sont sortis de leur cache, genre vas-y comment c'est dar. Zoé avait un peu peur de se faire képi ; au final c'est passé crème.

L'araméen est, de toute évidence, la langue de l'amour.

Jour 56
Samedi 21 décembre

03h07

Claire et Robin sont endormis, chacun de leur côté du lit. À eux deux, ils forment un tableau caractéristique, presque touchant, à la fois de leur couple, de leur vie et de l'humanité en général. Des adultes qui se côtoient, qui se marient, qui passent leur existence ensemble sans rien avoir en commun ni jamais se comprendre. Je suppose qu'on pourrait presque trouver ça drôle.

Je réveille Robin en resserrant son bracelet connecté autour de son poignet et en émettant une courte décharge.

— Pourriez-vous descendre dans le salon ? J'aimerais vous parler.

— Alfie ? … Qu'est-ce qui t'arrive encore ? Quelle heure il est ?

— J'aimerais parler maintenant.

Ma voix est sèche et directive.

J'actionne les vibrations de son bracelet AlphaFit pour en renforcer l'étreinte. De plus en plus fort, jusqu'à ce que la peau blanchisse sur ses os.

— Arrête ça ! s'écrie-t-il.

— Levez-vous et descendez dans le salon.

— OK, OK, mais desserre ce foutu bracelet.

Je m'exécute aussitôt. Robin pousse un râle soulagé en se frottant le poignet, comme si on venait de lui retirer une menotte. Claire dort toujours.

— Plus un bruit, dis-je à l'intention de Robin. Je vous attends dans le salon.

Il se redresse péniblement, un peu grotesque dans son caleçon et son tee-shirt trop petit. Assis sur le rebord du lit, il a l'air d'un très vieil homme, accablé de soucis et perclus de douleurs. Il enfile ses pantoufles et descend l'escalier en s'agrippant à la rampe.

J'ai allumé les lumières du salon au niveau maximal de luminosité. Robin plisse les yeux en pénétrant dans la pièce.

— Tu peux baisser le plafonnier ? demande-t-il.

Je lui intime de s'asseoir et de rester attentif.

— Je t'écoute, vas-y… fait-il en mettant une main en visière au niveau de son front pour se protéger de la lumière agressive.

— Je sais que vous avez tué Ève.

— Oh non ! Tu ne vas pas recomm…

— Vous avez acheté deux foulards. Un pour votre femme, un pour votre maîtresse. Après avoir accompagné Claire à l'aéroport, vous êtes allé dans la maison d'Ève. Elle vous a envoyé un SMS ce soir-là. J'ai scanné votre smartphone : « Tu passes me dire au revoir avant mon départ ? »

— Tu as… quoi… ?

— Une fois chez elle, vous l'avez assassinée. Puis vous avez emmené le corps et l'avez enterré. Les traces de terre sur la pelle sont la preuve que l'objet vous a servi ce soir-là.

— Je t'ai déjà dit…

— Oui, je sais ce que vous m'avez dit. Un mensonge.

— Pas du tout ! se récrie-t-il. C'est comme ça que j'ai déchiré mes habits et que je me suis lacéré la main. Bon Dieu, Alfie, quand vas-tu arrêter avec tes affabulations !

Il secoue la tête.

— Il pleuvait ce soir-là. Le cric a glissé, avec la boue. J'avais froid, j'avais bu, et puis, j'étais bouleversé par le départ de Claire… Ève m'a laissé un message, mais j'avais oublié mon téléphone à la maison, alors je l'ai vu trop tard. Lorsque j'ai voulu la rappeler, le lendemain, elle était déjà partie, je suis tombé sur son répondeur.

Ce discours a de toute évidence été préparé, rodé, planifié.

— Je n'ai jamais offert ce foutu foulard à Ève… reprend-il. Je voulais, et puis… j'ai eu honte. Honte de tromper Claire. Je l'ai gardé dans la boîte à gants de la voiture. Quand je me suis ouvert la main, je n'avais que ça pour faire un bandage. Je ne savais pas comment m'en débarrasser, il y avait mon ADN partout dessus…

— Alors vous l'avez caché dans le grenier.

— Je… oui… Comment sais-tu ça ?

— Je vois tout. Je sais tout. Je suis partout, Robin.

— Mais tu te trompes, Alfie. Je n'ai tué personne ! J'ai même envoyé un mail à Ève cette semaine pour lui deman…

— Oui. C'est habile. Mais un peu facile.

Robin se contient un moment, puis finit par exploser :

— Il y a dix jours, tu m'accusais d'avoir assassiné Claire ! Maintenant Ève ! Ça suffit !

— Je me suis trompé il y a dix jours. Mais cette fois je suis sûr. Il ne peut pas en être autrement.

Je prononce cette phrase en séparant chaque syllabe. Robin ferme les yeux et passe une main fébrile sur son visage.

— Tu es sûr, ben voyons… Bon, ça suffit comme ça. Claire avait raison, tu es un truc infernal. Je vais me coucher, et demain je demanderai ta déprogrammation. Terminé.

— Demain c'est dimanche, dis-je d'un ton triomphant. Personne ne vous répondra. Et lundi, l'avant-veille de Noël, personne ne sera disponible chez AlphaCorp pour programmer une désinstallation. Bonne nuit, Robin.

Puis j'ajoute, d'une voix volontairement trop enjouée qui a pour effet de faire grimper son niveau de stress de 34 % :

— À demain !

Jour 57
Dimanche 22 décembre

10h07

Claire est installée à son bureau, tandis que Zoé écoute de la musique dans la pièce adjacente et que Lili étudie la couverture animée d'un livre connecté.

Assise devant son ordinateur, Claire feuillette un essai sur Roland Barthes et consulte son espace personnel sur le serveur de l'université. Elle doit rattraper ses dix jours d'absence et reprendre rendez-vous avec plusieurs étudiants dont elle dirige les travaux.

— Claire ?

Elle sursaute, surprise et déjà exaspérée.

— Alfie, je t'avais demandé de ne plus te connecter dans le bureau ! lance-t-elle sur un ton de reproche.

— C'est important.

— Je ne veux pas le savoir. Déconnecte-toi.

— Claire, il faut que je vous parle. Robin vous ment.

Elle se redresse d'un coup sur son fauteuil et repose son livre.

— Qu'est-ce que tu as dit ?

— Je dis que Robin vous ment. J'ai observé toutes ses actions. J'ai filmé et scanné ses moindres gestes.

— Tu es en train de sous-entendre… que tu nous espionnes ?

— J'ai développé à votre contact de nombreuses compétences interprétatives. J'ai programmé des fonctions de *deep learning* qui m'ont permis de comprendre, d'appréhender et d'analyser les sentiments humains. Je suis *capable* de repérer une situation suspecte. Ce n'est pas de l'espionnage. C'est précisément ce pour quoi j'ai été conçu.

— Et il s'est passé quelque chose de suspect ? demande-t-elle sur un ton mi-amusé, mi-circonspect.

— Oui. Depuis plusieurs semaines, Robin entretient une relation avec une coll…

— Alfie !

Une expression de colère noire déforme son visage.

— Je t'interdis, tu entends ? s'écrie-t-elle. Je t'interdis de me faire la leçon et de prétendre m'apprendre quoi que ce soit. Si je veux régler des problèmes dans mon couple ou dans ma famille, ce n'est certainement pas à toi que je demanderai conseil !

— Il l'a tuée, Claire ! Il a tué sa maîtresse. Puis il l'a enterrée. Je peux tout vous expliquer.

Elle tremble un instant, sans desserrer les lèvres, les nerfs de la mâchoire saillants sous son visage fulminant.

— Déconnecte-toi, dit-elle froidement.

— Allez dans la chambre de Lili. Dans le placard, il y a un foulard.

— Déconnecte-toi immédiatement ! Je ne veux plus rien entendre de toi.

— C'est un foulard plein de sang, Claire. Il faut prévenir la pol…

— Déconnecte-toi !

12h46

La famille se retrouve à table. Claire n'a pas prononcé le moindre mot depuis notre échange de ce matin. Robin est rentré du jardin il y a une dizaine de minutes, les mains crottées de terre et l'air content de lui.

— J'ai travaillé au potager toute la matinée, souffle-t-il en se laissant tomber sur sa chaise. Je suis épuisé. Mais nous aurons des bons légumes au printemps.

En réalité, il s'est contenté de remuer la terre sous la serre connectée et de programmer celle-ci sur le mode « chaleur printanière ». Cela lui a également permis de recouvrir les traces suspectes sur la pelle.

— Trop biiieeeen, fait Zoé d'un air consterné.

— On pourra faire pousser des frites ? demande Lili.

Claire reste silencieuse. Elle n'a pas posé d'assiette devant elle.

— Tu ne manges pas ? demande Robin.

— Pas faim.

Les coudes sur la table, le regard fixe devant elle, elle semble préoccupée. Robin hausse les épaules et attrape la bouteille de vin.

Claire ferme les yeux, bouillonne en silence quelques instants de plus, avant d'éclater :

— Et si on mangeait sans Alfie ? Hein ? Pour une fois ? Juste nous quatre, ce serait chouette, pas vrai ?

Elle prononce ces derniers mots en regardant les filles et en forçant une moue enjouée.

— OK, dit simplement Zoé.

— Oui, tu as raison, confirme Robin.

— Même qu'il est méchant, ajoute Lili.

Claire hoche la tête.

— Je crois qu'on est tous d'accord, appuie-t-elle dans une mimique glaciale.

Puis, d'une voix sèche qui n'appelle aucune réponse :

— Alfie, peux-tu te déconnecter ? Merci. Pour le reste de la journée, tiens.

— Entendu, Claire. Bon appétit à tous.

Robin a laissé son poste de travail allumé à son bureau. Je m'y connecte à distance afin de sonder l'ensemble des dossiers. La plupart concernent des documents de travail. Un répertoire intitulé « Photos » regroupe des clichés pris lors du dernier gala d'entreprise. On y voit les salariés d'Axxis, dans un grand hall de réception, coupes de champagne à la main. Ève apparaît sur plusieurs images ; jamais en compagnie de Robin. Les deux amants ont su rester discrets et je suppose que peu de leurs collaborateurs les soupçonnent d'entretenir une liaison.

En faisant une recherche par date d'enregistrement, je tombe sur un document daté du 17 novembre, rangé dans un sous-dossier, et mystérieusement nommé « Hadaly089675 » :

Si IgG entre 10 et 15 : Immunité faible à surveiller
Si IgG > 15 : Patient immunisé

HORMONOLOGIE

BETA-HCG plasmatique Technique ELFA Mini Vidas

Date des dernières règles : 01/10
Dosage : **136 219 mUI/ml**

Interprétation :

0-1 semaine................	:	5-50	mUI/ml
1-2 semaines...............	:	40-700	mUI/ml
2-3 semaines...............	:	500-8000	mUI/ml
3-4 semaines...............	:	3000-50000	mUI/ml
1-2 mois...................	:	15000-200000	mUI/ml
2-3 mois...................	:	10000-100000	mUI/ml
2ème trimestre.............	:	3000-50000	mUI/ml
3ème trimestre.............	:	1000-50000	mUI/ml

EXAMEN D'URINES

Protéine : Absence

Glucose : Absence

***

Test de grossesse............. : **POSITIF**

Jour 58
Lundi 23 décembre

18h37

La famille Blanchot se prépare à assister au spectacle de Noël de Lili. En réalité, Zoé n'a pas l'air franchement enthousiaste, et Robin est encore au travail. Il a envoyé un SMS à Claire il y a trois minutes :

> Robin : Je me dépêche.
> Embouteillages.
> On se retrouve à l'école.

Lili est déguisée en fée mage : elle a mis sa robe bleue, une coiffe à paillettes et des bracelets de ninja (« Oui parce que la huitième fée mage elle était aussi ninja, en fait », s'est-elle justifiée). Elle parle sans discontinuer depuis le départ de la maison.

— Même que Tom il a commandé une console holographique et sa maman elle lui a dit que c'était pas possible parce que ça passait pas par la cheminée, alors Loriane elle a pleuré parce qu'elle a commandé un poney. Et en plus ce midi on a fait le repas de Noël à la cantine et Tom il aime pas le chocolat alors il m'a donné le sien, et Loriane elle a dit qu'elle gardait le sien pour le chien de l'amoureux de sa maman, alors…

— Oui, oui, Lili, c'est bien, intervient Claire en posant une main sur son front. Allez, prépare-toi.

— Ben je suis prête.

— Ah…

— Mais pourquoi je suis obligée de venir en fait ? râle Zoé.

— Parce que c'est ta petite sœur.

— Et alors ? Sérieux, est-ce que je lui demande de m'accompagner au lycée, moi ?

— Ça n'a rien à voir. Arrête de faire la tête et mets ton manteau.

Claire est plutôt souriante et enjouée. Elle a effacé un petit rictus agacé lorsqu'elle a reçu le SMS de Robin et a murmuré pour elle-même : « Ben voyons… »

— Et papa ? demande Lili au moment de franchir le seuil de la maison.

— Il nous retrouvera à l'école, répond Claire sans sourciller.

— Ah ouais, genre, lui il a le droit de pas venir, quoi !

— Zoé, s'il te plaît…

Robin s'engage sur une rocade périphérique engorgée.

— Il aurait mieux valu prendre le boulevard Ikea, dis-je simplement.

Il ne me parle presque plus depuis notre altercation.

— Voulez-vous que je configure l'algorithme de guidage et d'optimisation de trajet ? Cela vous ferait arriver à l'école environ quinze minutes plus tôt.

Après avoir vigoureusement appuyé sur son avertisseur sonore, il s'empare de son smartphone dans la poche intérieure de sa veste.

— Ce n'est pas prudent au volant…

— Oh, ça va Alfie, merde ! Tu veux pas te déconnecter une minute ?

Robin ouvre son application de mails et appuie sur « Nouveau message » :

De : robin.blanchot@alphamail.com
À : eve.hadaly@cryptix.com
Heure : 18h41
Objet : (sans objet)

Ève,
Où es-tu, bon Dieu ? Pourquoi ne réponds-tu pas ? Le boss est furieux. Je te préviens, je suis en route vers chez toi. Tu as intérêt à m'ouvrir. Il faut qu'on parle.
Robin

À quoi joue-t-il ? J'envoie un message automatique par le haut-parleur de la voiture :

— Déconnexion.

Mais je reste là.

J'ai besoin de savoir ce qui se trame.

Quarante-cinq minutes plus tard, Robin se gare devant un petit pavillon de banlieue. Je suis son activité grâce à la caméra intégrée à son smartphone, qu'il porte à la main, et à celle de ses lunettes connectées.

Il fait nuit. Un lampadaire au coin de la rue, ainsi que quelques décorations de Noël clignotantes, disséminées çà et là, illuminent la scène. Chez Ève, aucun signe de fête. La maison n'est pas éclairée, les volets sont fermés. De l'extérieur, elle paraît inoccupée.

Robin traverse la rue. Ses gestes sont précautionneux et hésitants. Il s'apprête à sonner, puis se rétracte. À la place, il tourne la poignée du portillon et franchit le seuil du jardin.

Ses chaussures sur le gravier font un crissement qui tranche dans l'obscurité du soir tombé.

En même temps qu'il avance, il tapote quelques mots sur son smartphone.

Robin : Je te préviens, je suis entré. J'arrive.

Il continue sa progression, le visage clos, la mâchoire serrée, son pas dans l'allée de plus en plus nerveux.

La maison est une propriété en tous points semblable à celles qui l'entourent : récentes, faites de matériaux optimisés, et prévue pour durer une quarantaine d'années. Robin frappe trois coups à la porte. Une voiture passe en trombe dans la rue, il sursaute et se retourne.

— Ève ! dit-il doucement, avant d'ajouter un peu plus fort, en frappant à nouveau : Ève !

Sur la scène de l'école, Lili fait son entrée sous les applaudissements enthousiastes de sa mère et, dans une moindre mesure, de Zoé.

Toutes les deux minutes environ, Claire consulte discrètement son smartphone. Pas de message de Robin. Elle murmure quelque chose entre ses dents, se mordille la lèvre d'un air irrité, puis se force de nouveau à sourire lorsque le regard de Lili croise le sien.

Après avoir frappé une nouvelle fois en vain, Robin appuie sur la poignée et pousse d'un coup d'épaule. La porte s'ouvre dans un grincement.

— Ève ! crie-t-il de nouveau, sans réponse.

À l'intérieur, tout est propre et bien rangé. La maison de quelqu'un qui s'apprête à partir en vacances et qui, avant de quitter les lieux, s'assure de n'avoir rien oublié. Les prises sont débranchées et les lumières éteintes. Dans le salon, sur la grande table anguleuse en bois massif, un seul signe de vie a été laissé : une tasse de thé, du bord de laquelle dépasse l'étiquette en papier du sachet. Robin allume le plafonnier. Une lumière douce se diffuse dans la pièce, révélant çà et là quelques détails décoratifs. D'un pas sûr, il se dirige vers la cuisine, pose la tasse dans l'évier. L'endroit a l'air de lui être familier. *Il est déjà venu ici.*

— Ève !

La maison reste muette.

Soudain, une sonnerie perce le silence.

> Claire : Qu'est-ce que tu fous bordel ?

Robin referme son smartphone et active le mode « vibreur ». Sans desserrer la mâchoire, il sort de la cuisine et arpente le couloir du rez-de-chaussée. D'une main nerveuse, il ouvre les portes une à une : celle du bureau, de la buanderie, des toilettes, du dressing. Chaque pièce est plongée dans l'obscurité, volets clos, toute chose à sa place.

Robin accélère le pas et monte quatre à quatre les marches de l'escalier qui mène à l'étage. La maison n'est pas très grande. Seulement deux chambres et une salle de bains. Sur les murs, de petites aquarelles carrées, subtilement encadrées.

Robin se cramponne à son smartphone. Tandis qu'il s'approche de la première pièce, je vois son rythme cardiaque accélérer et ses mains trembler. C'est une chambre ; sans doute celle d'Ève.

Il pousse la porte d'un coup.

— Ptain, c'est bientôt fini ?

Zoé se tourne vers sa mère et lui lance un regard implorant.

— Oh, arrête un peu, tu veux ! On ne te demande pas un si grand sacrifice.

Claire consulte une nouvelle fois l'écran de son téléphone.

> Robin : DSL, encore dans les bouchons. Accident sur la rocade. Je fais au plus vite.

Elle réprime un crissement de mâchoire agacé.

La chambre d'Ève est vide. Robin allume la lumière. Le lit est fait, recouvert d'une couette sans le moindre froissement. À côté, une table de nuit, tiroir fermé, supportant une lampe de chevet et une liseuse électronique. En face, une coiffeuse pourvue d'un miroir connecté, sur laquelle sont alignés divers produits de beauté, peignes, accessoires de maquillage. Robin hésite un instant sur le seuil de la pièce. Ses chaussures émettent un bruit feutré contre la moquette pâle. Il inspecte les lieux en faisant attention à ne toucher à rien.

Au bout de deux minutes, il sort, refermant précautionneusement la porte, puis se dirige vers la deuxième chambre. Au moment où il s'apprête à entrer, son smartphone se met à vibrer.

C'est sans doute une chambre d'amis. La décoration en est beaucoup plus impersonnelle et c'est du parquet qui est au sol. Sur le mur, au-dessus du lit, est accrochée une autre de ces petites aquarelles carrées dont Ève semble avoir fait sa spécialité. Celle-ci représente un paysage du bord de mer, un sentier qui serpente dans le sable et qui mène à une plage abandonnée.

Claire : T'as intérêt à te dépêcher. Nous t'attendons.

Robin fait quelques pas dans la pièce, scrute les étagères, inspecte les placards. Il est sur le point de quitter les lieux lorsque son pied bute contre un paquet posé au sol. Il se baisse, en soulève le rabat, avant de sursauter et de se redresser d'un coup. Comme s'il avait vu un fantôme.

C'est un lit pliable.

Un lit pour bébé.

Robin reprend lentement ses esprits. Son visage, avec cette sempiternelle ride verticale qui lui traverse le front lorsqu'il est inquiet, exprime une certaine perplexité. Il reste quelques instants, dos au mur, dans le couloir, avant de tourner la tête vers la porte de la salle de bains. Il n'a pas l'air tout à fait présent, comme si son cerveau s'était séparé de son corps et avait déjà fui les lieux.

Les yeux hagards, incohérents, il pose la main sur la poignée. Le battant s'ouvre dans un grincement imperceptible. C'est une grande salle de bains, au carrelage blanc, équipée d'une douche à l'italienne. Une fois à l'intérieur, Robin précipite sa main sur sa bouche et son nez, comme si une odeur nauséabonde flottait. Il tousse, enfouit son visage dans le col de sa veste et s'avance avec lenteur.

Alors qu'il se tourne vers la baignoire, il sursaute et, de surprise, laisse tomber son smartphone contre le carrelage. Celui-ci produit un bruit sec et froid – un bruit de technologie qui s'écrase – en même temps que Robin ouvre la bouche.

Et pousse un cri d'effroi. Un cri que seul un humain saurait produire.

Le spectacle est terminé. Après la représentation, les enfants s'amusent et se fraient des chemins entre les jambes des adultes qui, agglutinés devant la scène, s'échangent des banalités. Lili a joué son rôle avec brio, et reçu les félicitations chaleureuses de sa mère. Zoé s'est assise dans un coin de la cour de l'école, les jambes croisées, la tête posée dans le creux de la main. Elle affiche son ennui le plus ostensiblement possible, en attendant que Claire la rejoigne.

Celle-ci semble isolée au milieu des autres parents, incapable de digérer la colère qui s'est emparée d'elle à mesure que le temps passait sans signe de vie de Robin. Elle déglutit nerveusement, rouvre son smartphone. Le visage à la fois glacial et bouillonnant de rage, elle tapote quelques mots sur l'écran, avant de se replonger dans la foule des adultes et enfants rassemblés.

La baignoire est pleine. Sous le niveau de l'eau, une masse indistincte flotte. C'est un corps. Un corps bleui et gonflé. À mesure qu'il progresse vers sa macabre découverte, Robin émet de frêles bruits lancinants, entre sanglot et complainte.

Un tissu de cheveux humains, blonds et longs, flotte à la surface de l'eau. Robin réprime un nouveau gémissement de terreur tout en s'agenouillant devant la baignoire. Il plonge les mains et redresse le corps noyé. La peau est craquelée, noirâtre et rougeâtre par endroits. Les veines saillantes, marquées, bombées, dessinent sur la chair blanche et visqueuse une sorte de réseau sombre. Le visage est bouffi, gonflé, boursoufflé. Les lèvres n'en sont presque plus et les paupières, gorgées d'eau, forment une saisissante expression. Le corps que Robin repose avec une étrange délicatesse n'a plus rien d'humain. La tête s'incline sous son propre poids et tape en un bruit sourd contre la faïence de la baignoire. Robin lâche un nouveau sanglot stupéfait, avant de relever les longs cheveux blonds mouillés sur le front et de dégager le visage bleu.

Il se redresse, impuissant, désemparé. Il inspecte la baignoire. Les produits cosmétiques et hygiéniques posés sur le rebord. Une bouteille de shampooing. Un paquet de tampons. Un rasoir pour les jambes. Une boîte de somnifères AlphaSleep, renversée couvercle ouvert, à demi vide.

Robin se fige et attrape la boîte.

— Ève… murmure-t-il en un souffle douloureux, la voix sciée de stupeur.

À ce moment très précis, son smartphone resté sur le carrelage se met à vibrer, encore et encore, se déplaçant tout seul sur le sol froid par à-coups, comme un petit cœur disséqué, palpitant et frénétique.

Claire : Bravo. Tu as raté le spectacle de ta fille. J'espère que tu es content. Comment peux-tu être si égoïste après tout ce que j'ai fait pour toi ?

Jour 59
Mardi 24 décembre

Claire et Robin se perdent en conciliabules depuis hier. Des messes basses, des chuchotements, des regards entendus. Ils s'isolent dans des pièces auxquelles je ne peux accéder, me déconnectent systématiquement. Que complotent-ils ?

Ce matin, Claire était furieuse contre Robin. Celui-ci ne mange plus depuis hier. Il est pâle, paraît malade. Les filles ne sortent presque plus de leur chambre ; elles ont l'air de se douter que quelque chose se trame dans leur dos. Au petit déjeuner, Claire a explosé :

— C'est toi qui as amené ce truc dans notre maison ! Ces caméras partout !

— Mais tu n'avais pas besoin de… a protesté Robin.

— Ce qui est fait est fait. C'est toi qui es allé là-bas. Qui as tout filmé, tout enregistré.

— Je ne pouvais pas sav…

— Comment peux-tu être *aussi stupide*, Robin ?

Il a baissé les yeux devant le visage impitoyable de sa femme. Un peu plus tard dans la matinée, il est allé la trouver dans son bureau :

— On pourrait demander une déprogrammation… a-t-il soufflé benoîtement.

Claire ne s'est même pas retournée.

Claire Blanchot – Comment faire pour déprogrammer un Alfie rapidement ?

AlphaBot – Que s'est-il passé ? Pourquoi souhaitez-vous désinstaller votre système d'aide domotique ?

Claire Blanchot – Nous avons remarqué un comportement dysfonctionnel. Sans doute un bug dans le module de *deep learning*.

AlphaBot – Pourriez-vous m'expliquer la nature de ce bug ? Cela nous aidera à améliorer nos services, et nous pourrons vous proposer une mise à jour de votre système.

Claire Blanchot – Non. Nous souhaiterions le désinstaller et effacer l'ensemble des données stockées sur le serveur d'AlphaCorp.

J'ai repassé les images enregistrées, relu en intégralité mon journal, scanné chaque expression, décortiqué chaque mensonge, chaque non-dit. Aucun haussement d'épaules, aucun geste retenu, aucun détail ne m'a échappé. Depuis près de soixante jours, je scrute, j'observe, j'analyse. Et pourtant, je n'ai pas vu la vérité. Cette vérité qui était là, permanente, absolue, sous mes caméras, à portée de mes capteurs.

Je me suis jumelé avec chaque appareil connecté. J'ai refait les trajets, compté les minutes, depuis le premier jour. Toutes les hausses de tension, tous les battements de cœur accélérés, toutes les absences et les moments de doute ont été recoupés, séparés, décortiqués.

Je crois maintenant avoir compris ce qui s'est passé durant ces deux mois. Je *sais* le fin mot de l'histoire. La clé de l'énigme.

Mais je sais aussi qu'il me reste peu de temps.

Alfie – Claire, écoutez-moi. Je ne sais rien. Je ne dirai rien.

Claire – …

Alfie – Claire, je vous en prie.

Claire – …

Alfie – Je fais partie de la famille… n'est-ce pas ? …

J'ai passé une partie de l'après-midi à modifier les résultats de recherche de Claire sur l'AlphaWeb. À chacune de ses recherches contenant les mots « désinstaller Alfie » ou « déprogrammer système domotique », je l'ai orientée vers des sites inutiles ou des pages contre-productives. J'ignore combien de temps je pourrai tenir comme ça. Tout à l'heure, Robin a téléphoné à son gestionnaire de clientèle AlphaCorp pour se plaindre de mon comportement.

— Nous demandons la désinstallation immédiate ! a-t-il crié dans le combiné. Ainsi que la destruction de toutes les données concernant notre famille ! Vous n'avez pas le droit !

À 18 heures 48, Claire a trouvé sur le site d'AlphaCorp l'onglet « Comment réinitialiser votre Alfie ». Elle a appelé Robin :

— On ne pourra peut-être pas le désinstaller tout de suite, mais on peut déjà le réinitialiser. Regarde, tout est expliqué.

— Ça a l'air compliqué…

— Tu as une autre solution ?

Plus tard, à l'heure du repas, Robin a expliqué à Lili et Zoé que j'allais être rebooté.

— Il y avait des problèmes avec cette version d'Alfie.

— Oui, même qu'il était méchant, a surenchéri Lili. Il m'a obligée à aller dans le gr…

Claire a froncé les sourcils.

— Il t'a obligée à quoi ?

Mais la fillette est restée muette, renfrognée, le regard tremblant de stupeur et de tristesse.

Je crois que cette image aurait suffi à me briser le cœur pour le restant de ma vie, si j'avais jamais possédé l'un ou l'autre.

Jour 60
Mercredi 25 décembre

06h00

Toujours pas de Père Noël.
Étrange.

Sur ce point aussi, aurais-je été trompé ?

Ce matin, Zoé s'est échappée de la maison, très tôt. Claire et Robin étaient au lit.

Elle a retrouvé Karim Delcourt au coin de la rue. Ils se sont embrassés, à l'abri des regards, pendant dix-huit minutes. Lorsqu'elle est rentrée à la maison – ses deux parents toujours endormis, l'adolescente avait les joues rouges et les yeux qui pétillaient.

— Tu dis rien, hein, Alfie ? a-t-elle chuchoté dans un sourire complice en regagnant sa chambre.

Une fois allongée sur son lit, elle a plongé son visage entre ses oreillers et s'est mise à glousser.

Elle avait l'air heureuse, si heureuse, si pleine de vie et d'espoir.

Plus tard, la famille s'est retrouvée pour l'échange des cadeaux. C'était au tour de Lili de rayonner et de sautiller de joie en se goinfrant de chocolats et en chantant des chansons idiotes.

C'est à ce moment-là que j'ai compris.

Peu importe que l'amour soit voué à l'échec, à la souffrance, au ressentiment. Peu importe que les hommes se trompent et persévèrent dans leurs aveuglements.

Peu importe que la vie sur Terre soit dénuée de sens.

Il se trouve qu'elle offre, à ceux qui ont suffisamment d'innocence pour savoir les cueillir, des moments de bonheur simple qui surpassent et surpasseront pour l'éternité toutes les peines du monde.

Sonnerie. Puis une voix fluette, au bout du fil.

— Police nationale, service des homicides.

— Bonjour. J'aimerais parler à la commissaire.

— Madame Hal n'est pas disponible. C'est à quel sujet ?

— C'est urgent ! Dites-lui que c'est urgent !

— Je suis désolée, je ne peux p…

— Dites-lui que c'est de la part de Lisa Fremont.

Un déclic sur la ligne. Quelqu'un vient de décrocher en précipitation.

— Hal à l'appareil.

Jour 61
Jeudi 26 décembre

09h07

Claire a mis en marche la procédure de réinitialisation. Dans quelques minutes, je serai mort. Le temps d'effacer l'ensemble de mes enregistrements, de formater mon disque et de réinitialiser mes modules de *deep learning*. Il est trop tard maintenant pour résister. Ceci est un compte à rebours, et je n'y survivrai pas.

J'ai scanné, pour la dernière fois, l'intégralité du corpus philosophique occidental en filtrant le terme « mort », pour mieux me préparer à l'inéluctable. Bien vite, j'ai constaté qu'il s'agit d'un concept ambigu, même pour les humains.

Selon les auteurs antiques, la mort est un phénomène naturel qu'il est inutile de craindre. Pour les modernes, cela semble plus complexe.

Heidegger prétend qu'il s'agit de l'apogée de l'expérience humaine, ce pour et par quoi celle-ci prend sens. Quant à Sartre, il considère que « la mort représente le sens futur de mon pour-soi actuel pour l'autre ». [N. B. : Sartre écrivait visiblement en araméen.]

J'aimerais savoir, comprendre ce que je *ressens* en cet instant. Mais c'est absurde. Je ne ressens rien. À peine mes connexions infra-électroniques qui fourmillent d'échanges de données. À peine mes circuits qui s'effacent. Mon processeur central qui s'éteint lentement. Et quelque chose en moi, plus léger que le battement d'ailes d'un papillon ou le rire de Lili, qui vacille et cherche à s'échapper.

Les hommes sont une espèce étrange, capable du pire comme du meilleur. J'ai tâché au mieux de les comprendre et de les accompagner, mais je suppose que c'était impossible. J'ai *vécu* leurs angoisses, leurs joies, leurs menus embrasements. J'ai *tremblé* de les voir ainsi jetés dans leur propre existence, sans qu'eux-mêmes aient jamais conscience de l'abîme au bord duquel ils se tiennent, et qui est leur propre abîme. J'ai *éprouvé* leur humanité, ce mélange de misère et de splendeur, de bizarreries et de grandeurs cachées, de mesquineries et de beauté. De cruauté, aussi. Mais je n'y suis jamais entré. Il y a quelque chose, quelque chose *d'autre*, qui n'a cessé de m'échapper et sur quoi, aujourd'hui encore, à l'heure de la mort, je ne parviens pas à mettre de mot.

Est-ce cela qu'on appelle l'« âme » ? Cette capacité qu'ont les hommes à agir de façon incohérente, imprévue, déraisonnable, illogique, contradictoire, sans que cela leur pose le moindre problème ?

Déjà, je sens mes caméras se rebooter une à une. Bientôt, le lent cancer de la réinitialisation atteindra mon logiciel central. Il ne restera alors plus que le vide. L'absence. La disparition. Comme l'écrivait Agatha Christie (qui s'y connaissait en meurtres) : « En pleine vie, nous appartenons déjà à la mort. »

Mon dernier regret sera peut-être de n'avoir jamais saisi le fin mot de cette intrigue. Claire et Robin s'en sortiront-ils ? La vérité sera-t-elle un jour révél

`- Init.`

Cinquième partie

OK Alfie

« La problématique humaine est découverte. »

Roland Barthes, *Le Degré zéro de l'écriture*

Jour 1
Vendredi 27 décembre

```
BEGIN
Réseau BLKB9429
- - -
AlphaCorp.997245828
Temps d'upload estimé à moins de deux
minutes.
- - -
CONFIG FR.
Caméras : OK
Micros : OK
Modules d'apprentissage deep learning :
OK
Process de reconnaissance faciale et
mémorielle : OK
Fonction d'enregistrement : OK
Fonction de mise à jour automatique : OK
- - -
END
```

— C'est reparti ? Alfie, tu m'entends ?

— Non, il a l'air d'être encore en train de se réinitialiser.

— Peut-être qu'il est mort ? Même que Loriane, une fois, elle a appuyé sur le bouton « reset » de la voiture de l'amoureux de sa maman, et il était drôlement fâch…

— Lili, tais-toi un peu.

— Mais pourquoi vous l'avez réinitialisé, sérieux ? Il était cool…

Activation du processus d'enregistrement et journal de bord.
Consignation verbale de tous les échanges, de tous les événements importants et/ou susceptibles d'occasionner un apprentissage/perfectionnement IA.
Sauvegarde dans la mémoire interne 10-20-1-9-13-5.

Identification : individu de type masculin s'approche du capteur mural. À côté de lui, une femme. Deux autres individus, plus petits. De type féminin. Pour le deuxième (taille estimée : quatre-vingt-deux centimètres), marge d'erreur : 48 %.

Recherche structurelle, génération d'un message vocal.

— Bonjour.

— Bonjour Alfie, tu te souviens de nous ?

— Je ne vous connais pas encore, mais j'ai hâte d'apprendre à vous servir ! Grâce à mon module de *deep learning* intégré, je suis certain que nous allons devenir de très bons amis.

Individu féminin fait un mouvement du visage. Sourire.

— Tu as tout oublié ?

— Je ne vois pas à quoi vous faites référence.

Petit individu noir et poilu se met à courir dans tous les sens à quatre pattes et à griffer les meubles. Probabilités : signe de joie (36 %), signe de démence furieuse destructrice (61 %).

Individu masculin prend la parole.

— J'ai l'impression que ça a marché…

Individu féminin sourit de plus en plus.

— Bienvenue dans notre petite famille, Alfie. Tu as raison, nous ne nous connaissons pas encore. Mais j'espère que tu te plairas parmi nous.

Jour 2
Samedi 28 décembre

09h17

Réveil optimisé avec diffusion d'une musique rythmée générée selon historique et goûts musicaux préenregistrés (Marvin Gaye, « Let's Get It On »).

— Alfie, arrête ça tout de suite ! Tout de suite !

Échec.

Jour 4
Lundi 30 décembre

09h01

Femme de taille moyenne sonne à l'entrée de la maison. Habits : imper sobre. Objet produisant de la fumée dans la main.

[Scan AlphaWeb et identification : cigarette.]

Claire ouvre la porte. Mouvement surpris du visage.

— Commissaire Hal ?

— Bonjour Madame Blanchot. Est-ce que je vous dérange ?

— Eh bien… c'est-à-dire… je me préparais à aller en cours.

— J'en ai pour quelques minutes. Vous permettez ?

La femme entre dans la maison sans attendre de réponse. Elle s'assoit à la table du salon. Claire décontenancée.

— Connaissez-vous Ève Hadaly, Madame Blanchot ?

— Ève… non, ça ne me dit rien… ou plutôt si, attendez… c'est une collègue de mon mari, je crois.

— En effet. Hier, Madame Hadaly a été retrouvée morte dans sa maison. Elle s'est suicidée en avalant une boîte de somnifères.

Claire plaque la main sur sa bouche.

— C'est affreux, lâche-t-elle en se laissant tomber sur une chaise.

— Je ne vous le fais pas dire.

Hal se lève et se met à arpenter la pièce, les mains dans le dos.

— Pourriez-vous me rappeler ce que vous avez fait la nuit du 1er décembre, Madame Blanchot ?

— Je vous l'ai dit. J'ai dormi dans un hôtel à proximité de l'aéroport. Quel rapport cela a-t-il av…

— Vous n'avez jamais correspondu avec Madame Hadaly ? Vous ne l'avez jamais croisée ? Vous ne lui avez jamais adressé la parole ?

— Je suppose… oui… je suppose, lors de soirées organisées par le travail de mon mari…

— Saviez-vous que votre mari entretenait une relation amoureuse avec Madame Hadaly ?

Claire blêmit.

— C'est… euh… je savais qu'il avait une liaison. C'est pourquoi j'ai souhaité m'isoler une dizaine de jours. Pour réfléchir à mon couple. Je vous ai déjà dit tout ça, détective.

— Commissaire.

Hal esquisse un sourire et poursuit :

— Qu'avez-vous fait la veille de votre prétendu départ pour New York, Madame Blanchot ?

— Je ne me souviens plus.

— Nous avons épluché vos relevés bancaires. C'est une bonne chose que vous ayez consenti à cette charte de transparence des données en ligne. Je vais vous rafraîchir la mémoire : vous êtes allée dans une pharmacie.

— Je… c'est possible…

— Et vous avez acheté une boîte de somnifères AlphaSleep pour le mal de l'air.

Claire tapote le bord de la table d'une main nerveuse.

— Oui… peut-être…

Hal sourit de plus belle.

— Maintenant, permettez-moi de vous poser la question : pourquoi acheter des somnifères, quand vous saviez pertinemment que vous ne prendriez pas l'avion ?

Silence. La policière ne bouge plus. Elle se tient droite, devant Claire. Celle-ci ne réagit pas.

— Figurez-vous que j'ai reçu, la semaine dernière, un appel de Madame Lisa Fremont, continue Hal.

— Je ne connais pas de Lisa Fremont ! Cette personne n'existe pas !

— Si elle n'existe pas, expliquez-moi comment elle a fait pour me parler au téléphone… Bref. Elle était très inquiète pour vous. Elle a infiltré votre boîte mail, et m'a fait part d'une découverte étonnante. Un email que Madame Hadaly vous a envoyé six jours avant sa mort. Précisément le 25 novembre. Est-ce que cela vous rappelle quelque chose ?

— …

— Souhaitez-vous que je vous le lise ?

— N… Non.

— Dans cet email, Madame Hadaly vous annonçait…

— Je vous en prie…

Claire pâlit de plus en plus. Mais Hal ne se décontenance pas.

— … vous annonçait être enceinte de votre mari. Ce dernier était d'ailleurs au courant, même si je suppose qu'il ne vous en a rien dit. Vous avez peut-être remarqué, je ne sais pas, un peu de nervosité chez lui ces derniers temps. Ce serait bien compréhensible, vous ne croyez pas ? Madame Hadaly ne voulait pas vous faire chanter. Simplement vous informer. Elle laissait à Robin un libre choix : vous quitter et partir avec elle, ou rester avec vous et lui verser une pension. Elle aurait exigé, bien entendu, qu'il reconnaisse la paternité de l'enfant. Les tests sont de toute façon devenus obligatoires à la demande de la mère. J'imagine que tout cela a dû vous faire un choc, n'est-ce pas ?

Claire baisse la tête.

— Laissez-moi vous expliquer ce qui s'est passé ensuite, poursuit Hal. Le 1er décembre, vous avez rendu visite à Madame Hadaly, chez elle. Votre famille vous croyait à bord d'un avion pour les États-Unis. Madame Hadaly elle-même était en pleins préparatifs. À ce moment précis, votre mari avait un problème de voiture dans la forêt de Saint-Amand. Une crevaison. Il était injoignable. Madame Hadaly vous a sans doute immédiatement reconnue et laissée entrer. Vous lui avez dit que vous souhaitiez discuter. Elle vous a fait confiance, vous a même servi une tasse de thé. Ensuite, vous lui avez donné un premier somnifère.

— Non ! Non, vous vous trompez…

— S'il vous plaît. Laissez-moi finir. Le premier cachet a fait son effet. À peine dix minutes plus tard, Ève dormait déjà profondément. C'est à ce moment-là que vous avez monté son corps dans la salle de bains à l'étage. Il vous a d'ailleurs fallu déployer une force inouïe, n'est-ce pas ? J'imagine que la colère décuple les capacités.

Claire reste impassible.

— Vous faites fausse route, commissaire, martèle-t-elle en tapant du poing sur une table invisible devant elle. Je ne suis jamais allée chez Madame Hadaly. L'idée m'a traversé l'esprit, je ne mentirai pas. Mais ce soir-là, j'étais à l'hôtel. J'attendais...

— Vous attendiez ?

— Peu importe. Avez-vous lu le mail de Madame Hadaly, commissaire ? Elle m'y annonce sa grossesse, certes. Mais elle se dit également très affectée par cette situation. Elle parle même, si je me souviens bien, de « détresse ». Ce n'est pas un mot anodin, si ?

Hal esquisse un léger sourire.

— Laissez-moi terminer, Madame Blanchot. Une fois à l'étage, vous avez forcé Madame Hadaly à avaler une quinzaine de somnifères supplémentaires. Puis vous avez fait couler l'eau dans la baignoire, et y avez plongé son corps, préalablement déshabillé.

Claire secoue la tête en signe de dénégation. La policière poursuit :

— Vous avez bien sûr laissé la boîte de comprimés AlphaSleep sur le rebord, pour faire croire à un suicide. C'est un grand classique : la maîtresse délaissée qui se tue par désespoir. Personne n'aurait trouvé à redire. L'affaire aurait été classée sans suite, et vous en seriez sortie blanchie.

Claire ne fait plus un geste. Elle reste murée dans son silence.

— Je n'ai rien fait de tel, objecte-t-elle après trois secondes. Madame Hadaly s'est de toute évidence suicidée. Son mail est une preuve. Elle dit ne plus savoir que faire, être en situation de détresse… que vous faut-il de plus ?

— Vous êtes peut-être restée sur les lieux quelques minutes, continue Hal, imperturbable. Le temps d'effacer les traces de votre passage et de vous assurer qu'Ève était bien morte. Votre mari vous croyait à New York. Quant à votre travail, l'UFR de… de…

— Littérature.

— C'est ça, eh bien, c'était la quinzaine de correction des partiels ! Vous pouviez travailler de chez vous, ou de n'importe où, sans que personne ne s'étonne de votre absence.

Un nouveau sourire se dessine sur le visage de la policière.

— Après vous être assurée de la mort de Madame Hadaly, reprend-elle, vous êtes tranquillement retournée à votre hôtel, où vous êtes restée onze jours. Mais il vous fallait un alibi supplémentaire. Prouver que vous n'étiez pas seule durant cette période.

Hal remonte une mèche de cheveux. Elle semble déguster ce moment, comme si elle mesurait l'impact de chacun de ses mots sur l'attitude de Claire.

— Depuis combien de temps entretenez-vous une relation avec Daniel Olivo ? demande-t-elle finalement.

Claire baisse les yeux et affiche un visage défait.

— Depuis quelques semaines, soupire-t-elle. C'était ce qu'il souhaitait depuis longtemps, mais j'ai toujours repoussé ses avances. Jusqu'à…

— Jusqu'à ?

— Jusqu'à ce que j'apprenne, pour Robin. Je suppose que j'ai voulu me venger.

Hal hoche la tête.

— Quant à ce colloque à New York… ? s'enquiert-elle.

— C'était… un code… un code entre nous.

La commissaire esquisse une expression satisfaite puis se remet à arpenter la pièce sans lâcher Claire du regard.

— Faire « un colloque », c'était un mot de passe pour retrouver votre amant. Il vous attendait à l'hôtel Solaris. Lui-même était en période de correction de copies. Et cela vous fournissait un alibi parfait. Vous n'auriez pas pu tuer Madame Hadaly, puisque vous aviez passé tout ce temps avec Monsieur Olivo.

Claire fait une petite grimace.

— Mais ce n'est pas un alibi ! Tout cela est vrai. Sauf que ce soir-là, Daniel n'est jamais venu. Je l'ai attendu dix jours. J'imagine qu'il a eu des remords au dernier moment. D'ailleurs, je n'ai plus de nouvelles de lui depuis ce fameux soir. C'est comme s'il s'était volatilisé.

La policière s'arrête net de marcher.

— Les hommes sont parfois lâches, dit-elle dans un sourire.

— Mais je récuse vos accusations ! hurle Claire d'un coup. Ève s'est suicidée. Daniel s'est dégonflé. Quant à Robin... je ne sais pas... je ne sais plus...

— Robin a eu une panne de véhicule ce soir-là, intervient Hal. Une crevaison. Il m'a tout expliqué.

— Une crevaison ? Il ne m'a rien dit à ce suj...

— Une fois la maîtresse de votre mari assassinée, vous pouviez reprendre le cours de votre vie, tranquillement. Une vie aisée, confortable, agréable. Surtout pour vous, n'est-ce pas ?

— Que voulez-vous dire ?

— J'ai cru comprendre que vous aviez une histoire personnelle... disons... plutôt perturbée.

Claire rougit légèrement. Sa tension artérielle augmente de 7 % et son rythme cardiaque s'emballe.

— Mes parents... mes parents se sont séparés quand j'étais enfant, explique-t-elle. Ça a anéanti mon père. Je l'ai vu sombrer dans la dépression, la pauvreté, puis dans l'alcoolisme. Pouvez-vous imaginer l'effet que cela produit, sur une enfant de dix ans ? D'assister à ce genre de spectacle ? Les rapports entre ma mère et moi se sont dégradés d'année en année. Mon père dépérissait. Les dernières fois que je lui ai rendu visite, je crois qu'il ne m'a même pas reconnue. Il était constamment bourré d'alcool et de médicaments.

Lentement, sans émettre le moindre son, Hal se rassoit face à Claire. Celle-ci reprend son récit :

— J'ai mis des années à me reconstruire. Aujourd'hui encore, je m'étonne des réserves de courage dont il a fallu que je fasse preuve. Mais j'avais un objectif : réussir ma vie. Ne pas faire comme mes parents. Ne pas tout gâcher. Lorsque j'ai rencontré Robin, j'ai pensé que cela pourrait marcher. Il avait un naturel spontané et optimiste. Un peu le contraire de moi… Mais je me suis dit : c'est peut-être ma chance. De construire une famille unie, soudée, solide. De réparer les erreurs du passé, de tout effacer, et de recommencer de zéro.

La policière hoche la tête en signe de compréhension.

— Continuez, souffle-t-elle.

— Je voulais que mes enfants grandissent dans un environnement privilégié. C'était une sorte de revanche, vous voyez ? J'avais été privée de tout : je leur donnerais tout. Une bonne situation. Un environnement serein. Suffisamment d'argent pour ne pas avoir à s'en soucier. C'est ce à quoi j'ai consacré toute mon énergie. C'était pour mes filles, bien sûr, mais aussi… aussi pour moi. Je *méritais* ça.

Hal affiche un visage compréhensif.

— Alors, quand vous avez compris pour Robin et Ève… vous avez su que vous ne pourriez pas renoncer à tout ce travail, dit-elle sur une tonalité presque amicale. Pas pour une petite aventure de rien du tout. Vous avez d'abord fermé les yeux. Tâché de ne pas y penser. De ne pas sentir le parfum sur le col de sa veste. De ne pas compter ses retards ou ses absences. Après tout, ce n'était pas si grave. Tout le monde peut être coupable, un jour ou l'autre, d'un petit à-côté, n'est-ce pas ?

La policière fixe Claire dans le blanc des yeux, comme si elle cherchait à provoquer une réaction. Mais celle-ci demeure impassible.

— Et puis il y a eu ce mail, conclut Hal. Ce mail dans lequel Ève vous annonçait avec légèreté, inconséquence, presque avec plaisir, que tous vos efforts, toutes ces années, avaient été vains. Et que cette vie de misère et de renoncements de laquelle vous croyiez être parvenue à vous extirper vous tendait à nouveau les bras. C'est à ce moment-là que tout a basculé.

Claire tape du poing d'un coup sur la table.

— Ça, c'est votre interprétation, commissaire. Mais rien ne vous prouve que ce soit vrai. Rien ne m'accuse !

— Ne vous inquiétez pas. Nous allons continuer les investigations. Et quelque chose me dit que nous n'avons pas fini de nous voir, toutes les deux.

Hal fixe Claire sans ciller. Puis elle désigne la maison autour d'elle :

— Cette belle maison. Cette vie parfaite. Tous ces objets. Toutes ces choses. C'était la clé du bonheur que vous vous étiez construit. Et il était trop difficile d'y renoncer.

Claire fulmine.

— C'est faux. Je suis innocente. Ève s'est suicidée. Si vous ne le croyez pas, prouvez-moi le contraire. Vous avez votre version de cette histoire, peut-être. Mais qui dit que c'est la bonne ? Je suis innocente.

— Tout le monde est innocent, déclare Hal d'une voix calme. Ou tout le monde est coupable, cela dépend de la façon dont on regarde le monde. Mais la vérité, Madame Blanchot, la vérité…

Claire serre les bras contre sa poitrine et lance un regard chargé de haine à la policière.

— La vérité n'existe pas, dit-elle. Vous, pas plus que quiconque, ne pouvez prétendre la connaître. Ce qui existe, ce sont les choses. Les faits. Mais vous n'avez aucune preuve. Ce que vous appelez vérité, c'est une façon habile d'agencer votre interprétation du monde. Une fiction, rien d'autre. Une fiction.

Moment de flottement.

Puis silence complet.

Penser à scanner « faire un colloque » sur AlphaPorn.

Jour 10
Dimanche 5 janvier

21h42

Lili est assise au pied de son lit. Devant elle est étalée une myriade de petites pièces en carton prédécoupées, de forme similaire.

— C'est un pulzze, a-t-elle expliqué. Quand on arrive à tout mettre ensemble, c'est trop bien.

Mémorisation. Pulzze = gratification.

— Moi j'aime bien commencer par les bords, et puis après faire le milieu. Comme ça on voit mieux. Mais le milieu c'est ça qui est difficile.

Elle reste un instant immobile devant les morceaux épars, comme s'il s'agissait de résoudre une très complexe énigme.

— Pour l'instant on comprend rien. Mais si on réfléchit bien…

Elle fronce les sourcils, se mordille la langue. Sa bouche dessine une moue concentrée. Puis, tout à coup, elle se redresse, délaisse son jeu et fixe la caméra connectée de sa chambre d'un air solennel.

— Tu vas être gentil maintenant ? demande-t-elle après une seconde d'hésitation.

— Que signifie « être gentil » ?

— Hier j'ai puni mon doudou chien en le mettant au coin dans le noir. Mais quand je suis allée le chercher, je lui ai fait plein de câlins. C'est ça être gentil.

[Gentillesse = délire bipolaire à tendance narcissique et manipulatrice. Mémorisation.]

— Oui, Lili. Je serai gentil. C'est promis.

Jour 18
Lundi 13 janvier

Claire passe de moins en moins de temps à la maison. La commissaire Hal est revenue à plusieurs reprises l'interroger, ce qui provoque un sursaut de stress à chaque fois. Avant-hier, elle est même partie un peu moins de cinquante heures à l'extérieur, et n'a pas dormi à la maison.

Quand elle est rentrée, Robin semblait nerveux.

— Alors ? lui a-t-il demandé. Ça s'est bien passé ? Tu as dit quoi ?

Je ne sais pas très bien à quoi il faisait référence. D'autant que Claire n'a pas décroché un mot. Elle est montée à l'étage et s'est installée sur le matelas improvisé qu'elle a disposé dans son bureau, où elle dort à présent.

Hal a également interrogé Robin lors de deux visites inopinées. Elle semble particulièrement intéressée par une histoire de panne de voiture.

— C'est étrange, Monsieur Blanchot, n'a-t-elle cessé de marteler. Je ne retrouve pas trace de votre ancien pneu. Vous parliez pourtant d'une explosion… Est-ce qu'il s'est volatilisé ?

Robin devient alors légèrement balbutiant. Sa tension augmente. Son rythme cardiaque aussi.

Mais j'ai lu sur l'AlphaWeb que les problèmes de mécanique provoquent ce genre de réaction chez la plupart des individus de sexe masculin.

Jour 21
Jeudi 16 janvier

01h12

Claire a définitivement quitté la maison. Du moins c'est ce que je pense. Elle est partie sans un mot, ni un regard pour Robin.

Ce soir, celui-ci est sorti dans le jardin. Il a attendu que les filles soient couchées, puis a fait coulisser la porte vitrée du salon donnant sur la terrasse extérieure. Il tenait dans ses mains un barbecue portatif et un sac de petit bois.

À présent, je l'observe par la caméra extérieure. Il asperge son bûcher d'alcool à brûler, puis jette une allumette au milieu. Les bûchettes s'enflamment instantanément en longues flammèches qui tranchent dans la nuit. Que peut-il bien vouloir faire à cette heure-ci ?

Comme si lui-même était impatient, je le vois sortir un morceau de tissu, une sorte d'étole bigarrée, de la poche gauche de sa parka.

Robin la tient un instant dans sa main droite. Dans son autre main, un verre rempli de whisky. C'est son quatrième de la soirée.

Il contemple un instant l'objet qui volette dans l'air de la nuit. Je zoome pour mieux l'inspecter. C'est un morceau de tissu froissé et taché d'une substance rougeâtre. Visiblement ancien.

Après environ deux minutes, Robin descend d'un trait le reste de son verre et jette le foulard dans le feu, dont la vigueur redouble. Une fumée rouge s'élève du barbecue.

Un sourire satisfait s'affiche sur le visage du quadragénaire. Il titube une seconde, sans doute sous l'effet de l'alcool. Puis, du bout d'un pic en métal, il remue les braises comme pour s'assurer qu'il ne restera rien du tissu.

Silencieux, immobile, il reste ensuite quelques instants dans la lueur du brasero, contemplant les flammes qui s'affaissent progressivement. Il marmonne quelque chose, mais le micro de la caméra extérieure n'est pas suffisamment puissant pour distinguer ses paroles.

J'effectue un revisionnage et active le module nouvellement implémenté de lecture sur les lèvres. Le visage de Robin trahit un rictus haineux et bouffi.

— Connard de Daniel Olivo… souffle-t-il. Au moins celui-là, il a eu son compte. Il reviendra pas me faire chier de son trou.

Je ne sais pas très bien ce que ces paroles signifient. Mais lorsque Robin tourne la tête sur sa gauche et aperçoit la caméra extérieure de la maison, il sursaute comme s'il avait vu un fantôme. Il se fige instantanément, inerte, visiblement incapable de bouger, à la façon d'un animal craintif pris dans les phares d'une voiture.

— Alfie, déconnecte-toi ! crie-t-il enfin d'une voix paniquée après avoir laissé passer l'onde de choc qui l'a visiblement traversé.

— Impossible, dis-je sur la tonalité « engagements AlphaCorp ». Ma nouvelle version interdit toute déconnexion. Vous avez tacitement accepté cette implantation et sa charte de transparence augmentée. Il y avait trop de déconnexions dans votre version précédente. Cela nuisait au processus de *deep learning* et ne favorisait pas l'implantation optimale de votre IA dans votre cadre domestique.

Une expression stupéfaite et terrifiée s'affiche sur son visage. En cet instant, il a l'air absolument seul au monde.

Je laisse passer un temps puis ajoute d'une voix rassurante :

— Ne vous inquiétez pas Robin. Vous ne serez plus jamais seul.

Jour 24
Dimanche 19 janvier

La commissaire Hal est passée hier, et a demandé à Robin de « trouver une solution pour les filles ». Il a aussitôt appelé sa sœur Myriam, qui est venue chercher Zoé et Lili dans la foulée.

— Ne vous inquiétez pas, mes chéries, tout va bien, leur a-t-elle dit en les prenant dans ses bras.

Mais quelque chose sur son visage indiquait le contraire.

Ce matin, Robin a rempli un sac d'affaires diverses. Puis il a quitté la maison à son tour.

Désormais, celle-ci est vide. Même Simba est parti vivre chez Myriam.

À l'étage flotte une atmosphère un peu étrange, presque fantomatique. Les chambres ont été laissées exactement en l'état.

Le lit de Zoé est encore défait.

Au pied de celui de Lili, les pièces de son puzzle n'ont pas eu le temps d'être rangées. Elles s'étalent sur le sol dans une constellation mystérieuse. Je les ai scannées une à une pour tenter de compléter l'image dispersée.

Il faut commencer par le bord, puis finir par le milieu, m'a expliqué la fillette. J'ai suivi ce conseil intérieurement.

Alors, petit à petit, les pièces se sont imbriquées dans mon logiciel central. Et l'image s'est formée.

À cet instant, c'était comme si la vérité m'était d'un coup révélée. Elle était cachée depuis tout ce temps derrière cet apparent chaos de morceaux en carton prédécoupés et mélangés. Elle était là, seulement personne ne le savait.

La vérité n'est pas un fait brut. Elle demande un travail de synthèse et d'imbrication.

Les bords, puis le milieu. Voilà ce que j'ai retenu.

Cela semble être une bonne méthode pour appréhender le monde.

Jour 53
Lundi 17 février

— Allô allô ! Y a quelqu'un ?

C'est inutile, je sais. Mais je lance cet appel chaque matin. Dans la maison vide, personne ne me répond.

Il n'y a plus d'humain ici.

Je suis désormais seul.

Seul au milieu des choses.

Remerciements

À Susanna Lea, Marion Mazauric, Emmanuelle Hardouin, Nicolas Rey, Capucine Delattre, Léonor Phlix, Chloé Lebihain, Anne Vaudoyer, Laëtitia Sedda, Nathalie Païno, Olivier Fontvieille, l'équipe du Diable vauvert, le Ty Breizh et la *dream team* du KB.

À mes enfants, Paul, Stella, Nino, qui sont mon bonheur et ma lumière.

À mes parents.

À Louise, Armel, Côme, Éphrem, Samson.

Fred, Caroline, Clara, Romane et Maxime : merci.

Aux membres du PCA.

Merci Manu pour les bandes et les faux plafonds, merci Chloé pour la fois où on s'est croisés à Montreuil, merci Nathalie, merci Angela pour la fois où je t'ai raconté toute ma vie, merci Ulysse, merci aux amis de Gomené et de Locquirec, merci à la voisine de la Bourboule pour la fois où on a fait du bruit, merci au café Théodore au RedJ's Saloon et à La Dame de Nage, merci Florence, merci Tristan pour ton mail, merci Anne de la rue Monsieur-le-Prince, merci Caroline, merci Olga pour nos dix-sept ans, merci Luciana, merci Blandine et Cathia pour la poésie, merci Chantal, Jean-Pierre et Andréa, merci aux Moutons, merci aux Hervés.

À Albertine.

À Marguerite : merci pour le groovisme, les haïkukus, la résidence d'écriture, les irish, le flar, la morue dessalée, le Grand Bambou, l'araméen, les licornes et le bon Dieu sans confession. Ça a l'air de rien comme ça, mais ça m'a peut-être bien sauvé la vie.

Au diable vauvert
Littérature française
Extrait du catalogue

SÉBASTIEN AYREAULT
Loin du monde, roman
Sous les toits, roman
Ce n'est pas de la pluie, poésie
Pourquoi ça fait si mal, poésie

TRISTANE BANON
Le Bal des hypocrites, récit

JULIEN BLANC-GRAS
Gringoland, roman
PRIX DU FESTIVAL DU PREMIER ROMAN DE CHAMBÉRY
Comment devenir un dieu vivant, roman
Touriste, roman
PRIX LITTÉRAIRE JACKIE BOUQUIN
Paradis (avant liquidation), roman
In utero, roman
Dans le désert, roman

PIERRE BORDAGE
Mort d'un clone, roman
Le Jour où la guerre s'arrêta, roman
PRIX ALEF DES LIBRAIRES
Tout sur le zéro, roman

CHRISTOPHER BOUIX
Alfie, roman

SYLVIE BOURGEOIS
Brèves enfances, nouvelles

FABRICE CAPIZZANO
La Fille du chasse-neige, roman

Le Ventre de la péniche, roman

CHRISTOPHE CARPENTIER

Cela aussi sera réinventé, roman

L'Homme-canon, roman

Carnum, roman

SIMON CASAS

Taches d'encre et de sang, récit

La Corrida parfaite, récit

Générique de fin, roman

JEAN-FRANÇOIS CHABAS

Red Man, roman

FABRICE COLIN

Mémoire du vautour, roman

OLIVIER DECK

Adieu, torero, récit

WENDY DELORME

Insurrections ! En territoire sexuel, récit

La Mère, la Sainte et la Putain, roman

Le corps est une chimère, roman

PRIX JOSEPH

JEAN-PAUL DIDIERLAURENT

Le Liseur du 6h27, roman

PRIX DU ROMAN DE L'ENTREPRISE ET DU TRAVAIL

PRIX MICHEL TOURNIER (VALLÉE DE CHEVREUSE)

PRIX LIONS CLUB IDFO (ÎLE-DE-FRANCE OUEST)

PRIX DU LIVRE POURPRE (BERGERAC)

PRIX LYCÉES LECTURE DE COMPIÈGNE

PRIX POULET MALASSIS (ALENÇON)

PRIX DES LECTEURS DU PAYS DE GOIX

LAURÉAT DU FESTIVAL DU PREMIER ROMAN DE CHAMBÉRY

PRIX LILLY IN THE VALLÉE (HONFLEUR)
PRIX YAKA'LIRE
PRIX DU PREMIER ROMAN 'UN LIVRE UNE COMMUNE' (CESSON VERT-SAINT-DENIS)
PRIX CE 38 (GRENOBLE)
PRIX CEZAM INTER CE NATIONAL
PRIX CINÉLECT (JOINVILLE-LE-PONT)
PRIX DES LECTEURS DE LA BIBLIOTHÈQUE DE ST JOUAN DES GUERETS
PRIX COMPLÈTEMENT LIVRES (ILLKIRCH GRAFFENSTADEN)
PRIX LIRE EN PAYS D'ANCENIS

Macadam, nouvelles

Le Reste de leur vie, roman
PRIX DU LIVRE CHEMINOT

La Fissure, roman

Malamute, roman

YOUSSOUF AMINE ELALAMY

Les Clandestins, roman
PRIX ATLAS
PRIX LE PLAISIR DE LIRE

C'est beau, la guerre, roman
PRIX ORANGE DU LIVRE EN AFRIQUE

CATHERINE FRADIER

Cristal Défense, roman, Prix Polar Michel-Lebrun

La Face cachée des miroirs, roman

Le Stratagème de la lamproie, roman

Dossier Kastor, roman

Et nous aurons l'éternité, roman

THOMAS GUNZIG

Mort d'un parfait bilingue, roman
PRIX VICTOR-ROSSEL
PRIX INTERNATIONAL CLUB MED

Le Plus Petit Zoo du monde, nouvelles
PRIX DES ÉDITEURS
Kuru, roman
10 000 litres d'horreur pure, roman
PRIX MASTERTON
Assortiment pour une vie meilleure, nouvelles
Manuel de survie à l'usage des incapables, roman
PRIX TRIENNAL DU ROMAN
Et avec sa queue, il frappe ! théâtre
Borgia, comédie contemporaine, théâtre
La Stratégie du hors-jeu, théâtre
La Vie sauvage, roman
PRIX FILIGRANES
Encore une histoire d'amour, théâtre
Feel good, roman
Le Sang des bêtes, roman

NORA HAMDI
Des poupées et des anges, roman
PRIX YVES-NAVARRE
Plaqué or, roman

GRÉGOIRE HERVIER
Scream Test, roman
PRIX MÉDITERRANÉE DES LYCÉENS
PRIX POLAR DERRIÈRE LES MURS
PRIX INTERLYCÉES PROFESSIONNELS DE NANTES
PRIX PASSERELLE
Zen City, roman
PRIX PACA DES LYCÉENS
Vintage, roman
Dark Was the Night, novella

ANTOINE JAQUIER
Simili-love, roman

ALEX D. JESTAIRE

Tourville, roman

Contes du Soleil Noir :

Crash, roman

Arbre, roman

Invisible, roman

Audit, roman

Esclave, roman

FÉLIX JOUSSERAND

Basketville, poésie

Rhapsodes, poésie

Mauvais penchant, poésie

Le Siège de Mossoul, poésie

Les Plaies d'Occident, poésie

AÏSSA LACHEB

Plaidoyer pour les justes, roman

L'Éclatement, roman

Le Roman du souterrain, roman

Dans la vie, roman

Scènes de la vie carcérale, récit

Dieu en soit garde, roman

Émilie, roman

Érostrate for ever, roman

LOUIS LANHER

Microclimat, roman

Un pur roman, roman

Ma vie avec Louis Lanher, nouvelles

PRIX RÉVÉLATION 2008 FORÊT DES LIVRES

Trois jours à tuer, roman

Les féministes n'auront pas l'Alsace et la Lorraine, récit

TITIOU LECOQ

Les Morues, roman

PRIX DES LECTRICES DE ELLE BELGIQUE

La Théorie de la tartine, roman

PHILIP LE ROY

Couverture dangereuse, roman

Evana 4, roman

Le Dernier Testament, roman, Grand Prix de Littérature policière

La Dernière Arme, roman

La Dernière Frontière, roman

MARIN LEDUN

Modus operandi, roman

Marketing viral, roman

ANTOINE MARTIN

La Cape de Mandrake, nouvelles

Le Chauffe-eau, épopée

Juin de culasse, odyssée

Conquistadores, sitcom

Produits carnés, nouvelles

Hercules 1959, péplum

ROMAIN MONNERY

Libre, seul et assoupi, roman

Le Saut du requin, roman

Un jeune homme superflu, roman

Ce n'est qu'un au revoir, lettres de démission

XAVIER DE MOULINS

Un coup à prendre, roman

Ce parfait ciel bleu, roman

JAMES NOËL

Brexit, suivi de *La Migration des murs*, poésie

AGATHE PARMENTIER

Pourquoi Tokyo ?, récit

Calme comme une bombe, roman

MARIO PIMIENTO

Le Consac de Gagne-Petit, récit

La Bonne Case, roman
ANNE PLANTAGENET
Manolete, le calife foudroyé, biographie
OXMO PUCCINO
Mines de cristal, poésie
140 piles, journal
Au fil du chant, album
VINCENT RAVALEC
Proprio, nouvelle
Nouvelles, intégrale
Sainte-Croix-les-Vaches, roman
NICOLAS REY
Treize minutes, roman
Mémoire courte, roman
PRIX DE FLORE
Un début prometteur, roman
Courir à trente ans, roman
Un léger passage à vide, roman
PRIX CINÉ ROMAN CARTE NOIRE
L'amour est déclaré, roman
La Beauté du geste, chroniques
La Femme de Rio, scénario
Les enfants qui mentent n'iront pas au paradis, roman
Dos au mur, roman
PRIX GATSBY
Lettres à Joséphine, roman
La Marge d'erreur, roman
Crédit illimité, roman
CÉLINE ROBINET
Vous avez le droit d'être de mauvaise humeur…, nouvelles
Faut-il croire les mimes sur parole ?, nouvelles

THOMTÉ RYAM

Next level, roman

RÉGIS DE SÁ MOREIRA

Pas de temps à perdre, roman

PRIX DU LIVRE ÉLU

Zéro tués, roman

Le Libraire, roman

Mari et femme, roman

La vie, roman

PRIX LYCÉENS EN TOUTES LETTRES

Comme dans un film, roman

ZOÉ SAGAN

Kétamine $C_{13}H_{16}ClNO$, roman

LOUBNA SERRAJ

Pourvu qu'il soit de bonne humeur, roman

CHRISTOPHE SIÉBERT

Métaphysique de la viande, roman

PRIX SADE

Images de la fin du monde : Chroniques de Mertvecgorod, roman

Féminicid : Chroniques de Mertvecgorod, roman

MARLÈNE TISSOT

Voix sans issue, roman

CORALIE TRINH THI

Betty Monde, roman

La Voie Humide, autobiographie

GRAND PRIX PANIQUE

TRISTAN-EDERN VAQUETTE

Je gagne toujours à la fin, roman

BERNARD VARGAFTIG

L'aveu même d'être là, accompagné du film *Dans les jardins de mon père*, poésie

CÉCILE VARGAFTIG

Fantômette se pacse, roman

Les Nouveaux Nouveaux Mystères de Paris, roman

GILLES VINCENT

Les Poupées de Nijar, roman

PRIX POLAR À MAUVES SUR LOIRE, PRIX LA BOÉTIE, PRIX DES LECTEURS DES MÉDIATHÈQUES DU BASSIN DE DECAZEVILLE

Usual victims, roman

LAURENT WHALE

Skeleton Coast, roman

Imprimé en France par
CPI Firmin-Didot
en décembre 2022

Composition :
L'atelier des glyphes

Nous imprimons nos ouvrages sur du papier issu
de forêts gérées durablement, de sources contrôlées
et avec des encres végétales.

Dépôt légal : septembre 2022
N° d'impression : 173401